MAYA BLAKE

La fiancée d'un Sicilien

Traduction française de
ANNE-LAURE PRIEUR

AZUR

HARLEQUIN

Collection : Azur

Titre original :
THE SICILIAN'S BANISHED BRIDE

HARPERCOLLINS FRANCE
83-85, boulevard Vincent-Auriol, 75646 PARIS CEDEX 13
Service Lectrices — Tél. : 01 45 82 47 47 - www.harlequin.fr
ISBN 978-2-2804-5590-9 — ISSN 0993-4448

Composé et édité par HarperCollins France. Achevé d'imprimer en avril 2021.
par CPI Black Print - Barcelone - Espagne
Dépôt légal : mai 2021.

FSC
www.fsc.org
MIXTE
Papier issu de sources responsables
FSC® C159065

Pour limiter l'empreinte environnementale de ses livres, HarperCollins France s'engage à n'utiliser que du papier fabriqué à partir de bois provenant de forêts gérées durablement et de manière responsable.

1.

C'est ton fils, Rocco. Retrouve-le.

Rocco Vitelli ruminait ces mots alors que son jet privé filait dans la direction opposée à sa destination d'origine. La photo entre ses doigts tremblait. Il raffermit sa poigne. Ce qu'avait affirmé sa grand-mère était une aberration. Il avait trente-trois ans. Il était un adulte. Cet enfant n'avait rien à voir avec lui !

— Nous allons bientôt atterrir, *signor*, l'informa le steward. Avez-vous besoin de quelque chose ?

Trop tard pour faire demi-tour. Le visage pâle et défait de sa grand-mère lui revint à l'esprit. Les dents serrées, il rangea la photo. Ridicule. S'il avait un fils quelque part dans le monde, il le saurait, non ? Ces dernières années, ses liaisons n'avaient jamais duré plus de quelques semaines. Et il prenait toujours de strictes précautions avec ses partenaires. Par choix, aucune d'elles n'avait été anglaise. Il n'avait plus remis les pieds en Angleterre depuis…

— *Signor ?*

— *No, grazie.*

Ce serait la seule fois, se promit-il fermement. Ce voyage remuait trop de souvenirs désagréables. Mais sa *nonna* ne lui demandait jamais rien. Après tous les sacrifices qu'elle avait endurés pour lui, il pouvait bien lui accorder cette faveur. Ne serait-ce que pour la tranquilliser. La visite, toutefois, serait brève. Qui qu'il soit, cet enfant ne ferait qu'un passage éclair dans sa vie.

— Mon chauffeur connaît-il l'adresse ? s'enquit-il.

— *Sì, signor.* Elle lui a été envoyée par mail juste après le décollage, répondit le steward.

Rocco hocha la tête, satisfait. Sauf en cas d'embouteillages, il serait reparti dans quelques heures. Après un détour par Palerme afin d'informer sa grand-mère qu'aucun mystérieux arrière-petit-fils ne se cachait en Angleterre, il regagnerait Abu Dhabi, où il supervisait lui-même la construction d'un hôpital pour enfants.

Vingt minutes plus tard, son jet se posait sur le sol anglais. Rocco débarqua d'humeur massacrante. En ce début d'automne, il faisait déjà un froid de canard ! Ni une ni deux, il s'engouffra dans la berline venue le chercher. Confortablement installé sur la banquette en cuir, il ne put s'empêcher de ressortir la photo. Le petit garçon avait des traits angéliques. Des yeux bleus étrangement familiers… Non, il s'interdisait de penser à *elle*. Le passé était le passé.

Je n'ai aucune intention de porter ton enfant !

Son sang se glaça à ce souvenir. Pourquoi ces mots qu'il avait tout fait pour rayer de sa mémoire revenaient-ils le hanter maintenant ?

Il songea à sa *nonna*, dont la réaction hystérique dépassait l'entendement. En route pour l'église, elle s'était effondrée sur le trottoir en apercevant cette même photo grandeur nature sur un panneau d'affichage. Rien n'avait pu la calmer, excepté la promesse de Rocco, rentré d'urgence à Palerme, d'enquêter sur l'identité de l'énigmatique enfant.

C'est ainsi qu'il se retrouvait en Angleterre, pour une mission qu'il savait déjà futile. Une toux discrète de son chauffeur l'arracha à ses pensées.

— D'importants embouteillages ont été signalés, *signor.* Je préconise un changement d'itinéraire.

L'humeur de Rocco s'assombrit davantage. Que n'aurait-il donné pour être ailleurs ! Mais il avait fait une promesse à sa grand-mère et il tiendrait parole. Même si cela l'obligeait à fouler le même sol que cette traîtresse.

Il prit une grande inspiration afin de recouvrer son calme.

— Suivez l'itinéraire qui vous chante, du moment que nous ne perdons pas de temps.

Mia caressa la joue de son fils endormi et quitta la chambre sur la pointe des pieds. Un sourire flottait sur ses lèvres. L'heure de la sieste devenait un bras de fer quotidien. À deux ans et demi, Gianni se rebellait de plus en plus contre ce repos imposé. Cet après-midi, il s'était caché derrière la porte de sa chambre, parfaitement immobile. Pas un muscle ne bougeait. Comment diable réussissait-il une telle prouesse à son âge ?

Le sourire de Mia s'évanouit. Oh ! elle le savait très bien. L'homme dont le sang coulait dans les veines de son fils possédait la même faculté… Mais elle ne voulait pas penser à lui. Avec un soupir, elle ferma doucement la porte. Elle disposait maintenant d'une heure pour faire la lessive et commencer à préparer le dîner. Le carillon de la sonnette vint contrecarrer ses plans.

Mme Hart, à coup sûr. Mia grimaça. Sa situation financière empirait de jour en jour. Une autre séance photo de Gianni avait été annulée, la troisième en deux semaines. La dernière chose dont elle avait besoin était une visite de sa voisine, toujours à fourrer son nez partout sous prétexte de sollicitude. Mia songea à faire la morte. Mais la sonnette retentit de nouveau, suivie par un coup insistant. Mme Hart avait dû les voir rentrer du parc. Pas le choix, ou le bruit risquait de réveiller Gianni.

Elle alla ouvrir, une excuse polie déjà sur les lèvres. Les mots s'étranglèrent dans sa gorge. D'un bond, elle recula face à l'homme sur le pas de sa porte.

Rocco tressaillit, sous le choc. Presque aussitôt, une onde brûlante fusa dans ses veines. Devant lui se tenait la femme qu'il avait bannie de sa vie trois ans plus tôt.

— *Cosa è questo ?*

Il ignorait ce qui l'exaspérait le plus : la réaction déplacée de son corps ou l'erreur commise par son équipe. Car il ne pouvait s'agir que d'une méprise, aussi grave qu'inexcusable. Des têtes allaient tomber, c'était certain ! Comment avait-on pu le conduire droit à la personne même qui l'avait trahi ?

Un rapide examen de Mia Gallagher lui fit un second choc. Disparue, l'élégante jeune femme tirée à quatre épingles, coiffée et maquillée à la perfection, qui l'avait envoûté autrefois. Déjà à l'époque, son emprise sur lui l'avait troublé. La femme qui lui faisait face était pâle, ses yeux verts soulignés de cernes sombres. Ses cheveux blonds, noués en une banale queue-de-cheval, avaient perdu leur brillance. Elle ne portait aucun maquillage. Pas même un peu de gloss sur ses lèvres toujours aussi sensuelles.

Son regard descendit plus bas. Étrange… Elle avait maigri et pourtant, sa poitrine semblait plus plantureuse que dans son souvenir. Ses longues jambes fuselées disparaissaient dans un jean informe. Rien, dans son apparence, ne rappelait l'époustouflante beauté pour laquelle il avait failli perdre la tête, trois ans plus tôt. Alors d'où venait ce brusque désir qui lui tordait les entrailles ?

N'y songe même pas !

Rocco s'obligea à se ressaisir. L'important était de découvrir qui l'avait amené ici, chez cette femme. Mais l'expression sur ses traits l'interpella. On eût dit… de la panique ?

— Évidemment…

Comment ne l'avait-il pas compris plus tôt ? Personne n'était intervenu. C'était *elle* qui avait tout orchestré. Maintenant, face à sa colère manifeste, elle paniquait. À raison. La pauvre avait commis une grave erreur en l'attirant ici. Lui faire perdre son temps alors qu'il avait un enfant à chercher méritait une punition.

Il prit une grande inspiration, savourant d'avance leur confrontation.

— Eh bien, Mia, tu ne m'invites pas à entrer ?

Mia absorbait sans comprendre ce que lui disait Rocco Vitelli, dont la voix grave mâtinée d'accent caressait ses sens malgré elle. Le choc initial passé, la panique la rattrapa.

— Tu n'as pas le droit d'être ici ! s'exclama-t-elle.

D'instinct, elle tenta de refermer la porte en la poussant de tout son poids. Rocco réduisit d'une seule main ses efforts à néant.

— Qu'est-ce que cela signifie ? grommela-t-il.

— Je ne sais pas à quoi tu joues, mais je refuse d'avoir des ennuis !

— Si c'est toi qui as manigancé cette rencontre, c'est mal parti.

Sans autre forme de procès, il força le passage. Mia n'eut d'autre choix que de s'écarter pour éviter la collision. Le cœur battant, elle regarda cette montagne de muscles investir son petit salon.

Seigneur, Rocco Vitelli était chez elle !

— De quoi parles-tu ? s'écria-t-elle, affolée. Sors de chez moi, Rocco. Mme Hart, ma voisine, témoignera de ton intrusion.

La vieille dame passait sa vie à espionner les gens de sa fenêtre. Du reste, la limousine dans la rue commençait à attirer l'attention. Il y aurait d'autres témoins.

Rocco arqua un sourcil.

— Témoigner ? Des ennuis avec la justice, *cara* ? Cela devient une habitude.

Tout en parlant, il avait comblé la distance entre eux. Il était si proche – *trop* proche ! Son odeur masculine s'insinuait dans ses narines, ravivant des souvenirs qu'elle aurait préféré garder enfouis à jamais. Mia carra les épaules, refusant de se laisser intimider.

— Est-ce une plaisanterie ?

— Tu dois vraiment être désespérée pour dépendre de tes voisins. Est-ce la raison de ma présence ici ? s'enquit-il.

— Qu'est-ce que tu racontes ? C'est toi qui viens de surgir chez moi sans prévenir !

Il se figea, comme métamorphosé en statue. Même trois ans après, cette capacité à rester absolument immobile continuait à la fasciner. Elle l'observa, comme elle l'avait fait avec Gianni dix minutes plus tôt.

Gianni. Elle ferma les paupières et prit une grande inspiration. *Ce n'est qu'un mauvais rêve*, se persuada-t-elle. *Tu vas te réveiller.*

— Cesse de tourner autour du pot, aboya Rocco. Maintenant que tu m'as attiré ici, la moindre des choses serait de m'expliquer pourquoi.

Mia rouvrit brusquement les yeux.

— *Moi*, je t'ai attiré ici ? Es-tu tombé sur la tête ?

— Au contraire, je n'ai jamais été aussi lucide. Lequel de mes employés as-tu soudoyé, cette fois ?

— Pardon ?

— C'est ton mode opératoire, non ? Qui t'a donné l'itinéraire de ma grand-mère ? Et le mien ? Pas mon chauffeur, ni mon pilote. Ils sont à mon service depuis des années. J'ai toute confiance en eux.

Mia écoutait, incrédule. Après l'enfer qu'il lui avait fait vivre, jamais elle n'aurait cru le revoir un jour. Pourtant, il était là, chez elle, à proférer les mêmes accusations, résolu à la tourmenter de nouveau.

Trois ans plus tôt, tous ses rêves avaient été sur le point de se réaliser, avant d'être brisés de la plus cruelle des façons. Mais ce n'était rien à côté de ce que Rocco lui avait infligé *après* l'avoir bannie de sa vie. Lorsqu'elle avait tenté de le contacter pour lui faire entendre raison, le véritable châtiment s'était abattu sur elle. Elle avait alors pris la pleine mesure de la puissance de Rocco Vitelli.

— De quoi parles-tu ? Je ne comprends rien de ce que tu dis.

Un sourire dangereux étira ses lèvres.

— Toujours à jouer les innocentes… C'est une seconde nature chez toi. Un conseil : la prochaine fois que tu attires un homme chez toi, rends-toi présentable.

Une colère noire envahit Mia.

— Comment oses-tu…

— Épargne-moi tes jérémiades et dis-moi ce que je fais ici, la coupa-t-il.

Elle chassa d'un battement de cils les larmes qui lui montaient aux yeux.

— Non, je ne me laisserai plus insulter. Pour la énième fois, Rocco, je ne t'ai rien volé !

Il eut un rictus dédaigneux.

— Alors explique-moi comment des plans enfermés dans mon coffre, sur une clé USB protégée par un code, se sont retrouvés en ta possession ? Et comment les concurrents de Vitelli Construction en ont obtenu une copie juste après ton entretien chez eux ?

Elle leva le menton.

— Je te l'ai déjà dit. Je n'en sais rien.

— Encore et toujours des mensonges, conclut Rocco d'un ton méprisant.

Mia s'était crue immunisée contre tout cela. Mais l'affront, découvrait-elle, demeurait aussi vif qu'au premier jour. N'avait-elle donc pas assez souffert ? Il l'avait humiliée et traînée dans la boue. Pire que tout, il avait tourné le dos à son futur enfant. Et il revenait trois ans plus tard remuer le couteau dans la plaie ? Sa colère monta d'un cran.

— Peu m'importe ce que tu penses. Sors de chez moi. Maintenant.

Avant que Gianni se réveille. Rocco avait renié leur fils, mais elle ferait tout pour le protéger de cette sordide vérité.

— Dois-je comprendre que ce n'est pas toi qui as arrangé ces retrouvailles ? demanda-t-il, le regard incisif.

La question était si absurde qu'elle aurait ri sans le stress qui lui étreignait la poitrine. Ou cette fièvre dans ses veines qui lui faisait honte.

— Bien sûr que non. Si c'est une plaisanterie, elle n'est pas drôle.

Au prochain courrier d'intimidation de ses avocats, elle contre-attaquerait. Il devait bien exister un recours légal. Porter plainte pour harcèlement, peut-être ?

— En effet, rétorqua-t-il. Comme si j'allais te rendre visite de mon plein gré…

Son intonation dédaigneuse lui fit mal. Par réflexe, elle alla se placer derrière le fauteuil ayant appartenu à sa grand-mère. Que n'aurait-elle donné pour s'y laisser choir ! Mais ce serait un signe de faiblesse, aussi se contenta-t-elle de poser les deux mains sur son dossier. Sa solidité et son odeur familière la réconfortèrent tandis qu'elle détaillait Rocco de la tête aux pieds.

Dieu, ce qu'il était séduisant ! Ces trois dernières années n'avaient fait que renforcer l'aura charismatique émanant de lui. Son costume sur mesure d'un grand créateur italien épousait ses larges épaules et son corps d'athlète. De mémoire, elle savait que son mètre quatre-vingt-dix ne cachait pas une once de graisse. Elle pouvait passer des heures, autrefois, à admirer les sillons et méplats dessinés par ses muscles sculptés. Mais c'était son visage qui la saisissait à chaque fois. Le nez aquilin. Les pommettes hautes. La mâchoire carrée parsemée d'une barbe de trois jours. Les yeux surtout, d'un bleu profond évoquant un ciel d'été orageux, qui tour à tour envoûtaient un auditoire, s'embrasaient de passion ou vous glaçaient sur place. Et ces lèvres au dessin sensuel… Seigneur, ce que ces lèvres lui avaient fait !

Soudain, elle surprit son regard de braise sur elle. Une vague de chaleur l'envahit. Elle devait se débarrasser de lui, et vite !

— Peu importe, Rocco. Le problème est que tu es chez moi sans ma permission.

— Vraiment ? susurra-t-il sans la quitter des yeux. Excitée comme tu l'es ?

Était-elle donc si transparente ? Mortifiée, elle affecta un haussement d'épaules méprisant.

— Ne confonds pas colère et excitation, le rabroua-t-elle. J'ai toujours eu des doutes sur certains de tes employés. L'un d'eux a dû commettre une erreur. Une fois de plus.

Cette dernière remarque appuyée lui valut un sourire cynique.

— Toi aussi, tu as été mon employée. Et même plus que cela…

— Crois ce que tu veux. Quoi qu'il en soit, ces… retrouvailles… ne sont pas de mon fait.

En deux enjambées, il l'avait rejointe.

— Tu as toujours été douée pour nier les faits, n'est-ce pas, *tesoro* ? murmura-t-il en promenant un index le long de sa joue.

Sa voix hypnotique alliée à sa caresse menaçait de lui faire perdre ses moyens. Mais non, elle ne se laisserait pas entraîner sur ce terrain glissant. Elle avait d'autres préoccupations. Gianni risquait de se réveiller à tout instant et Rocco était toujours là.

— Cette conversation tourne en rond, déclara-t-elle. Tu t'es trompé, un point c'est tout.

— Toujours cette pitoyable ligne de défense… Le rendez-vous était inscrit dans ton agenda électronique. Un entretien a eu lieu, au cours duquel ont été évoqués certains plans sur lesquels tu travaillais chez nous. Cette version a été corroborée par plusieurs personnes.

Il était donc résolu à l'humilier de nouveau, comme lors

de leur dernière entrevue où il avait proféré contre elle les pires accusations. Puisqu'elle ne pouvait l'expulser manu militari, le mieux était encore d'abréger la discussion.

— Je n'ai jamais démenti ce rendez-vous. Je croyais agir en ma qualité d'ingénieur structure chez Vitelli Construction, se défendit-elle.

Il lui souleva le menton.

— Mais tu as occulté certains détails. Comme le fait d'avoir divulgué des informations confidentielles sur le projet d'Abu Dhabi et accepté une offre d'emploi chez mon concurrent direct.

Mia se dégagea, les dents serrées.

— Pour l'offre d'emploi, j'ai seulement prétendu y réfléchir par politesse. Et je n'ai rien divulgué du tout. D'ailleurs, ils ne faisaient pas le poids contre Vitelli Construction.

— En effet, convint Rocco avec un sourire suffisant. Il n'y a eu aucune répercussion pour nous. Ta trahison dénote une lamentable erreur de jugement.

Mia fronça les sourcils. S'il ne l'avait pas condamnée pour cela…

— Alors pourquoi ?

Le sourire de Rocco s'évanouit. En une fraction de seconde, l'atmosphère devint glaciale.

— Tu *oses* me demander pourquoi ?

Décidément, elle nageait en pleine confusion.

— Corrige-moi si je me trompe, mais c'est toi qui as rompu nos fiançailles, avant de me renvoyer comme une malpropre pour avoir prétendument transmis des plans à la concurrence…

— « Prétendument » ? Les preuves étaient là.

— Mais si cela t'importait si peu, pourquoi m'avoir chassée ?

L'expression de Rocco se durcit. Mieux valait ne pas se le mettre à dos. Elle en avait fait l'amère expérience. Alors pourquoi persistait-elle à le questionner ? Qu'est-ce que cela changeait que l'affaire des plans n'ait pas été la seule raison de son bannissement ? Sa conduite par la suite était impardonnable. Il avait ruiné sa vie et celle de leur fils par pure cruauté gratuite. Raison de plus pour prendre des pincettes, réfléchit-elle. Avec Gianni à sa charge, elle ne pouvait risquer la prison.

— Laisse tomber, dit-elle, feignant la désinvolture. C'est sans importance.

— Sans importance ? tonna Rocco. As-tu la moindre idée du mal que tu as fait à ma grand-mère en refusant de porter mon enfant ?

— Mais…

— Elle est restée inconsolable pendant des semaines !

Son explosion de colère la réduisit au silence. Rocco adorait sa *nonna*, qui était aussitôt devenue quelqu'un d'important pour elle aussi. L'affection immédiate et inconditionnelle de la vieille dame avait mis un peu de baume au cœur de Mia, marquée par l'indifférence de sa propre mère.

— Ce n'était pas mon intention, balbutia-t-elle.

Rocco prit une grande inspiration.

— Dernière chance, Mia. Dis-moi ce que je fais ici.

— Pour la énième fois, je n'y suis pour rien ! C'est à toi de me le dire !

Sans répondre, il examina le minuscule salon. Mia suivit son regard. Le mobilier avait connu des jours meilleurs, mais restait correct. Sa grand-mère avait pris soin de sa maison. Contrairement à sa mère avec l'appartement où elles avaient vécu. Le carrelage froid, les rideaux sombres… Tout y transpirait l'indifférence et l'apathie, reflet de la négligence qu'avait endurée Mia pour le seul crime d'être née. Elle avait pris ses distances dès que possible, et avait trouvé un poste d'abord à Londres, puis en Italie, partagée entre soulagement et culpabilité. Ses visites s'étaient espacées, ses appels aussi, même quand la santé de sa mère avait commencé à décliner. Après sa mort, elle en était venue à se demander quel genre de mère elle-même deviendrait. Aussi froide et insensible que la sienne ? Pour cette raison, la maternité la terrifiait. Comment fonder une famille quand on ignorait ce qu'était l'amour maternel ? Et si elle avait été contaminée par l'amertume de sa mère et la transmettait à son tour à ses enfants ? Bien sûr, toutes ses craintes s'étaient envolées à la seconde où on avait déposé Gianni dans ses bras…

Gianni.

La pensée de son fils la ramena au présent. Rocco continuait à inspecter la pièce. Elle avait retiré les cadres des murs afin de refaire la peinture qui s'écaillait, mais ses problèmes financiers avaient stoppé net son projet. Un tapis bon marché réchauffait un peu l'ambiance et offrait à Gianni un endroit où jouer devant le poêle. Rocco ne mit que quelques secondes à analyser tout cela.

— Tu as besoin d'argent, *sì* ? À en juger par l'état de cette maison… Es-tu malade ?

— Non.

— Mais tu es en difficulté ? insista-t-il.

Évidemment qu'elle était en difficulté ! Par sa faute ! Sa réputation ruinée, elle s'était vue contrainte de renoncer à sa précieuse carrière. Difficile de trouver un autre gagne-pain tout en s'occupant de Gianni. Ses économies étaient quasi épuisées. Mais plutôt mourir qu'avouer cela à l'homme responsable de sa déchéance.

Ses doigts se crispèrent sur le dossier du fauteuil.

— Je ne veux rien de toi. Va-t'en, maintenant.

Avant qu'elle ne commette l'irréparable. Comme céder à la tentation de le toucher, par exemple.

Après un long moment, Rocco secoua la tête.

— Je commence à croire qu'il s'agit effectivement d'une erreur.

Mia exhala un discret soupir de soulagement.

— J'ose espérer qu'elle ne se répétera pas ?

Tant qu'il n'y avait aucune conséquence, elle s'estimait heureuse. Le mépris déforma les traits de Rocco.

— Je t'ai bannie de ma vie il y a longtemps. Crois-moi, je n'ai aucun désir de te revoir.

— C'est réciproque, répliqua-t-elle avec un calme qu'elle était loin de ressentir.

Elle se mordit la lèvre pour ne pas hurler, et c'est sans un mot qu'elle le regarda s'éloigner, à l'abri derrière son fauteuil. Ses yeux s'attachèrent malgré elle à son large dos. Elle se rappelait encore la chaleur de son corps contre le sien. La douceur soyeuse de ses cheveux dans lesquels elle adorait enfoncer ses doigts…

Parvenu dans le vestibule, il se retourna.

— J'ignore qui a orchestré cette rencontre. Mais sois certaine que je ferai payer les responsables.

Mia haussa les épaules.

— Tu ne m'as même pas dit ce qui t'avait amené ici et cela m'est égal. Au revoir, Rocco.

Elle resta immobile jusqu'à ce que la porte se soit refermée sur lui. Alors elle se précipita vers la fenêtre pour s'assurer qu'il s'en allait bel et bien. Il avait déjà atteint sa voiture lorsqu'elle écarta le rideau. Une inexplicable bouffée de regret l'envahit. C'était sans doute la dernière fois qu'elle le voyait. Elle le dévora des yeux, hypnotisée par ses cheveux dansant au vent. Par le jeu de ses muscles quand il fit signe à son chauffeur. Les membres encore tremblants, elle quitta la fenêtre. Elle l'avait échappé belle ! Un bon thé chaud l'aiderait à se remettre.

Du choc, mais pas seulement. Impossible de nier l'excitation qu'elle avait ressentie en sa présence. Déjà, à l'époque, l'osmose entre eux avait été immédiate. Au bureau comme au lit. Elle se sermonna aussitôt. Elle s'était laissé aveugler par le désir et l'avait payé au prix fort. On ne l'y reprendrait plus. Être accusée de vol par l'homme qu'on aimait, après avoir découvert qu'il ne voyait en vous qu'une poulinière, était le remède le plus imparable au monde.

Avec un soupir, elle se dirigea vers la cuisine. Et s'arrêta net. Quelque chose clochait. Son petit cottage, hérité de sa grand-mère après sa mort l'année précédente, se situait dans un cul-de-sac aux abords d'un paisible village du Hampshire. C'était précisément ce calme qu'elle était venue chercher après son avalanche de déboires. Or, elle n'avait pas entendu la voiture démarrer.

Les jambes en coton, elle retourna à la fenêtre et écarta le rideau. Rocco était toujours là, en pleine conversation avec Mme Hart. Le cœur de Mia ralentit, puis s'arrêta complètement quand Rocco tourna la tête dans sa direction. Son regard accrocha le sien tel un harpon. Sans rompre le contact visuel, il revint sur ses pas. Cette fois, il ne se donna même pas la peine de frapper et marcha droit sur elle.

Le rideau glissa d'entre ses doigts comme il tirait quelque chose de la poche de sa veste. Non ! Pas une autre lettre de ses avocats ! Que voulait-il de plus ? N'avait-elle pas assez payé ? Mais c'est une simple photo en couleur qu'il tenait entre ses doigts. Très pâle, il la caressa du pouce avant de planter ses yeux dans les siens.

— Tu voulais savoir ce qui m'amène ici ? C'est simple. *Nonna* est persuadée qu'on me cache un secret. Alors je ne te le demanderai qu'une fois. Qui est cet enfant ? Où est-il ? Et quel est son lien avec moi ?

2.

Mia demeura bouche bée. Était-ce une plaisanterie ? Quoi qu'il en soit, s'il cherchait à lui enlever son fils, il faudrait lui passer sur le corps. Elle saisirait la justice et vendrait jusqu'à son dernier bien pour payer les frais.

— Tu n'es pas sérieux ?

Rocco s'immobilisa à quelques centimètres d'elle. Son eau de Cologne mêlée à son odeur virile l'enveloppait, neutralisant son esprit combatif. Comme plus tôt, il lui souleva le menton, et ses sens s'enflammèrent. Pendant trois ans, elle avait rêvé de cela. À son corps défendant, au cœur de l'hiver comme durant les moites nuits d'été, elle avait rêvé de ses mains sur elle. Ces mêmes mains qui l'avaient si souvent caressée et propulsée au septième ciel, autrefois. Le désir déferla dans ses veines. Elle n'avait qu'une envie, se laisser aller contre lui jusqu'à ce que leurs deux corps ne fassent à nouveau plus qu'un.

— Réponds-moi, Mia. Connais-tu cet enfant ?

Mia se dégagea brusquement. Qu'est-ce qui lui arrivait ? Elle se jetait droit dans la gueule du loup ! Mortifiée, elle recula et jeta un coup d'œil à la photo. Le garçonnet affichait un sourire jusqu'aux oreilles. Ses yeux bleus pétillaient et ses cheveux noirs virevoltaient au vent. Elle se retint d'effleurer l'adorable fossette sur son menton, pas encore aussi prononcée que celle de son père.

Si elle connaissait cet enfant ? Elle l'avait porté en elle pendant neuf mois. Elle l'avait aimé de tout son être bien avant qu'il donne ses premiers coups, et mille fois plus encore à la seconde où on l'avait placé dans ses bras.

— Bien sûr que je le connais, répondit-elle, la voix chargée d'émotion.

Le choc se peignit sur les traits de Rocco. L'espace d'une seconde, elle avait failli nier afin de protéger Gianni. Mais son honnêteté et sa fierté de mère l'avaient emporté. L'envie de détromper Rocco aussi, qui s'attendait si clairement à ce qu'elle mente. N'était-ce pas sa spécialité ? Eh bien, une fois de plus, il se trompait.

Déjà pâle après son échange avec Mme Hart, il blêmit encore. Mais c'est le tremblement de ses mains qui la dérouta. Rocco, trembler ? Cela ne lui ressemblait pas !

— Comment connais-tu cet enfant ? demanda-t-il d'une voix blanche.

Bon sang, à quoi jouait-il ? Elle devait immédiatement mettre un terme à cette mascarade !

— Tu le sais très bien, répliqua-t-elle. Et cesse de l'appeler ainsi. Son nom est Gianni.

Rocco parut accuser le coup. Non, vraiment, cela allait trop loin.

— J'en ai assez de cette mauvaise plaisanterie. Sors de chez moi avant que j'appelle la police…

Sans crier gare, il lui agrippa les bras. Mia tenta désespérément de se libérer. Sans succès, sa volonté affaiblie par le flot de sensations déclenché par ce contact. Elle se rappelait comme si c'était hier ce que cela faisait d'être serrée dans ses bras…

— Ça suffit, Mia. Dis-moi tout de suite ce que je veux savoir.

L'ordre assené d'un ton impérieux ranima son esprit de révolte.

— Non. Va au diable ! J'en ai assez d'être ta marionnette !

— D'après Mme Hart, c'est l'heure de sa sieste. Que dirais-tu que je reste jusqu'à ce qu'il se réveille ?

Mia pâlit. Il n'avait pas changé. Rocco Vitelli, dont l'intelligence hors norme l'avait propulsé d'architecte prometteur à icône visionnaire à la renommée internationale, était plus impitoyable que jamais. Quelques mots lui avaient suffi à anéantir sa résistance.

— C'est ce que je pensais, conclut-il avec un calme incisif. Réponds à ma question, Mia. Je ne tolérerai pas qu'on me manipule.

— Mais manipuler les autres, ce n'est pas un problème ? explosa-t-elle en frappant son torse du poing. Tu aimes cela, détenir leur sort dans le creux de ta main ?

Rocco roula des yeux agacés.

— Par pitié, épargne-moi le mélodrame !

— Pourquoi maintenant, Rocco ? As-tu soudain été pris de l'envie de voir à quelle vie misérable tu m'avais réduite ?

Il fronça les sourcils, mais la vanne était ouverte. Plus rien ne pouvait empêcher Mia de déverser sa colère.

— Quelle idiote je suis, pas vrai ? Je n'aurais jamais imaginé que tu étais du genre sadique. Mais au fond, que savais-je vraiment de l'homme que je m'apprêtais à épouser ?

Rien. L'homme qu'elle avait aimé, qui louait son intelligence et sa créativité le jour, et plongeait son corps dans les affres du plaisir la nuit, cet homme-là s'était métamorphosé en monstre cruel et sans cœur, dont la dernière trouvaille consistait à la torturer avec une question dont il connaissait déjà la réponse.

Il lâcha ses bras et se mit à arpenter la pièce tel un lion en cage. Une veine palpitait sur sa tempe, ce qui n'augurait rien de bon. Et pourtant, même en cet instant, elle ne pouvait s'empêcher d'admirer sa beauté ténébreuse.

— Ce que tu dis n'a aucun sens. Ma patience a des limites, Mia.

— Dans ce cas, je ne te retiens pas.

— *Christo !* Réponds-moi !

Mia tressaillit, prise d'une désagréable sensation de déjà-vu. Trois ans plus tôt, il s'était emporté de la même façon alors qu'elle tentait de s'expliquer et l'avait mise à la porte sans ménagement. Elle avait vingt minutes, l'avait-il avertie, pour faire sa valise et quitter sa villa de Palerme avant que son équipe de sécurité se charge de l'expulser.

Cette fois, elle ne fléchirait pas.

— Tu sais très bien qui est cet enfant, Rocco. Pourquoi prétendre le contraire ? Gianni est notre fils.

Un silence s'abattit sur eux. Rocco se figea, comme frappé par la foudre. Choc et incrédulité se disputaient dans ses yeux. Quel talent d'acteur ! Pour un peu, elle s'y serait laissé prendre.

— Tu mens, répliqua-t-il, la voix étranglée.

— Bon sang, Rocco, pourquoi te mentirais-je là-dessus ?

Son intonation stridente parut le tirer de sa stupeur. Il la fusilla du regard.

— Tu dis que cet enfant est de moi ?

Elle ignorait ce qu'il manigançait, mais une chose était sûre : elle devait se ressaisir avant qu'il l'embobine. Elle recula, s'arrachant à sa troublante proximité. Il ne la suivit pas. Parce qu'il était trop sonné ? Tout dans son attitude le suggérait. Mais c'était impossible. Elle l'avait prévenu dès qu'elle avait su qu'elle était enceinte. Les deux premiers mois, elle lui avait envoyé d'innombrables mails et messages détaillant chaque étape de sa grossesse dans l'espoir de lui faire changer d'avis. En fin de compte, sa démarche s'était retournée contre elle. Sa vie était devenue un cauchemar sans fin. Rocco y avait personnellement veillé. Le même Rocco qui feignait maintenant l'ignorance.

Elle se rapprocha de la porte. Avec un peu de chance, Mme Hart rôdait toujours dans les parages. Elle témoignerait que Mia n'avait pas invité Rocco chez elle…

— Je veux le voir.

Son cœur s'arrêta net.

— Non. Sors de chez moi.

— Tu m'annonces que j'ai un fils que je n'ai jamais vu, et tu voudrais que je m'en aille ?

La colère faisait ressortir son accent. Cette accusation injuste fit voir rouge à Mia.

— À qui la faute ? s'exclama-t-elle. Tu as eu toutes les opportunités possibles, mais tu as refusé de les saisir. Comment oses-tu me rendre responsable ?

Ses yeux bleus flamboyèrent de menace.

— Et qui d'autre serait à blâmer, selon toi ?

— À ton avis ? Est-ce si difficile de reconnaître tes torts ? Tu aurais pu faire partie de la vie de ton fils. Au lieu de cela, tu as préféré punir un enfant innocent !

— *Maledizione*, tu as perdu la tête ! Punir un enfant innocent ? Qui l'a privé du droit de connaître son père sinon toi ? Tes allégations sont absurdes !

Mia sentit la panique la gagner.

— Il faut toujours que tu m'accuses de tous les maux. Cela t'amuse de jouer au chat et à la souris avec moi ?

— *Che ?* Qu'est-ce que tu racontes ?

Il s'avança vers elle et lui agrippa le poignet.

— Quelque chose ne tourne pas rond chez toi. Depuis mon arrivée, rien de ce que tu dis n'a de sens.

Mia éclata de rire, au bord de l'hystérie.

— Mon Dieu, Rocco… Ta mauvaise foi est vraiment sans limites !

Sa mâchoire se crispa.

— Ça suffit, ce cinéma. Montre-moi l'enfant.

Le rire de Mia mourut sur ses lèvres. Rocco, nota-t-elle, refusait toujours d'appeler leur fils par son prénom. Si son existence le contrariait à ce point, pourquoi insistait-il pour le voir ?

— Quand tu auras répondu à ma question, Rocco. Pourquoi maintenant ?

Rocco avait l'impression que sa tête allait exploser. Il tenta tant bien que mal de mettre de l'ordre dans ses émotions. Le pouls erratique de Mia entre ses doigts n'aidait pas.

Mia. Son fils. Dans ce petit village perdu de l'Angleterre.

Comment était-ce possible ? Et elle qui osait lui reprocher d'avoir renié son enfant ! La chair de sa chair ! Un espoir qu'il avait cru mort et enterré se ranima en lui. Un rêve de famille, d'amour. Tout ce dont il avait été privé enfant, avant que *nonna* le prenne sous son aile. Hélas, malgré l'affection de sa grand-mère, la blessure était trop profonde et n'avait jamais vraiment cicatrisé.

Rocco serra les dents. Comment Mia pouvait-elle l'accuser de s'être détourné de son fils ? Il n'avait jamais caché son profond désir d'avoir un héritier. Elle le savait lorsqu'elle avait accepté avec effusion sa demande en mariage, sans avoir nullement l'intention d'exaucer son vœu. D'après la voisine, l'enfant semblait épanoui et en bonne santé. *Semblait.* Qui sait ce qu'il en était loin des regards indiscrets ?

Madre de Dio ! Nonna avait vu juste. À quoi tenait le destin ? Et si elle avait pris un autre chemin, ce jour-là ? Si elle n'avait pas prêté attention au panneau d'affichage ? Tout s'était joué sur une coïncidence. L'idée qu'il aurait pu ignorer toute sa vie l'existence de son fils le rendait malade. Tout cela à cause de l'égoïsme de cette femme ! Il lui venait soudain de furieuses envies de représailles !

Sentant sa colère monter, il s'exhorta au calme. Enfant unique, il avait grandi dans la solitude, négligé par des parents indifférents. *Nonna* avait fait de son mieux, mais elle n'avait d'autre choix qu'enchaîner les heures supplémentaires pour joindre les deux bouts. À dix ans, il s'était juré de gagner un jour assez d'argent pour lui assurer une retraite confortable. Mission accomplie. Il s'était également fait une autre promesse : aucun de ses enfants, s'il en avait, ne grandirait privé d'amour et d'attention. Pour cela, il devait trouver la perle rare. Une femme à la hauteur de ses attentes, prête à tout pour le bonheur de sa famille. Mais au fil des années et des rencontres, ses espoirs s'étaient amenuisés, au point qu'il avait fini par cesser d'y croire.

Jusqu'à ce que sa route croise celle de Mia Gallagher. Avec elle, ses rêves contrariés avaient ressuscité, plus que jamais à portée de main. Elle lui avait laissé entrevoir un futur auquel lui et *nonna* avaient presque renoncé. Ce n'est qu'à quelques semaines du mariage que ses œillères étaient brutalement tombées.

— Tu me demandes pourquoi ? s'écria-t-il, hors de lui. Crois-tu qu'on puisse se dresser entre moi et mon fils ? Es-tu devenue folle ?

Personne ne lui faisait jamais perdre le contrôle. Seule Mia avait réussi cet exploit, il y a trois ans. Et elle le réitérait aujourd'hui.

Il revoyait ses grands yeux verts s'embuer de larmes quand il avait posé un genou à terre en présence de sa *nonna*. L'émotion dans ses prunelles quand elle lui avait murmuré qu'il était tout pour elle. Qu'unir sa vie à la sienne la comblait de bonheur. Bien sûr, ce qu'elle attendait de ce mariage divergeait totalement de ses propres aspirations. Comme il se perdait volontiers, alors, dans ces sublimes yeux en amande, si lumineux… Si hypocrites. Des yeux qui n'avaient pas quitté les siens tandis qu'elle se jouait de lui. Le léger frémissement des lèvres était la touche finale, capable de persuader n'importe quel homme de sa sincérité.

Sauf lui. Il avait percé à jour sa vraie nature lorsqu'elle avait persisté à nier malgré les preuves accablantes.

Alors que faisait-il là à tenter de discuter avec elle ? L'enfant était-il seulement de lui ? Il n'y avait qu'un moyen de le savoir. Sans plus perdre de temps, il tourna les talons et se dirigea vers l'escalier. La maison était minuscule. Il n'aurait aucun mal à trouver ce qu'il cherchait.

— Rocco, non !

La jeune femme s'était élancée en trébuchant derrière lui. Enfin une réaction sensée ! Peut-être allait-elle commencer à le prendre au sérieux. Il posait le pied sur la deuxième marche quand deux mains agrippèrent son biceps. Ce simple contact ralluma une étincelle qu'il avait crue éteinte. Agacé, il jeta un coup d'œil par-dessus son épaule. La terreur se reflétait dans les yeux de Mia. *Dio !* Croyait-elle qu'il allait faire du mal à l'enfant ? Ou était-ce autre chose ?

Il fit volte-face.

— Pourquoi as-tu si peur de me laisser le voir ? Est-il malade ? Est-ce pour cela que tu me l'as caché ?

— Bien sûr que non ! Gianni se porte comme un charme ! protesta-t-elle avec véhémence.

Rocco expira avec soulagement.

— *Bene*. Tu préfères me montrer le chemin ou me laisser chercher par moi-même ?

— Ni l'un ni l'autre.

— Comme tu voudras.

Il haussa les épaules et ressentit un étrange vide quand les mains sur son bras lâchèrent prise. Parvenu au sommet de l'escalier, il hésita. Son regard se posa sur la première porte. Était-ce là que dormait son fils ? L'imminence de la rencontre le fit vaciller. Le lien entre eux serait-il instinctif ? Ou devrait-il, à cause des actions de la femme derrière lui, apprivoiser Gianni peu à peu ? Son cœur battait à cent à l'heure. Il tendit la main vers la poignée…

— Ce n'est pas la chambre de Gianni.

La voix feutrée de Mia dans son dos le fit reculer. Et instilla le doute en lui. Avait-il eu tort d'agir comme il l'avait fait ? En coupant les ponts avec la jeune femme trois ans plus tôt, n'était-il pas lui-même responsable d'avoir ignoré l'existence de son fils ?

Ridicule, se tança-t-il. Il l'avait chassée de sa vie parce qu'elle était une voleuse et une menteuse. Il n'avait rien fait de mal. Bien sûr, il aurait préféré une autre mère pour son héritier. Mais si cet enfant était bien le sien, et son instinct lui soufflait que c'était le cas, il remuerait ciel et terre pour rattraper le temps perdu.

Sa détermination devait se lire sur son visage, car elle capitula et l'entraîna vers une porte peinte en jaune vif, décorée de dessins de voitures de course. Au centre, un panneau multicolore proclamait : « Royaume de Gianni ». Avec une réticence palpable, Mia ouvrit la porte. Une vive émotion étreignit Rocco. Alors qu'il franchissait le seuil, il sentit que sa vie s'apprêtait à basculer.

Les rideaux, aux motifs de voitures eux aussi, étaient tirés, de sorte qu'il ne distingua d'abord qu'une vague forme dans le petit lit. Deux enjambées l'en rapprochèrent. Alors il remarqua l'amas de boucles noires dépassant de la couette. Son souffle se bloqua dans sa gorge. Le petit garçon s'étira dans son sommeil et se retourna, révélant un visage dont l'innocence confiante le toucha droit au cœur. Aucun doute, c'était bien un Vitelli. Rocco le savait déjà : il chérirait cet enfant plus que tout au monde.

3.

Pour la seconde fois, Mia observa, fascinée, Rocco se pétrifier. Seul le pouls battant violemment dans son cou le distinguait de ces statues de marbre foisonnant dans sa Palerme bien-aimée. Ses yeux bleus brillaient d'une troublante intensité.

Gianni dormait à poings fermés, épuisé par ses jeux dans le parc. Le regard de Mia passa de l'un à l'autre. L'extrême ressemblance entre le père et le fils la frappa de plein fouet. Gianni avait la mâchoire des Vitelli, qui s'affermirait encore avec les années, ainsi que leurs hautes pommettes et leur front altier.

Avec précaution, Rocco tendit la main vers son fils. Il caressa une boucle noire, qui s'enroula autour de son doigt. Alors, comme en transe, il s'accroupit de façon à ce que son visage se retrouve à hauteur de celui du petit garçon.

— *Mio figlio*, murmura-t-il à travers les barreaux du lit. *Mon fils.*

Soudain, les yeux de Gianni s'ouvrirent. Le temps parut se suspendre. Père et fils se fixèrent, comme hypnotisés l'un par l'autre. Mia serra les poings, les ongles enfoncés dans sa chair. Son cœur semblait s'être arrêté de battre. Puis tout aussi brusquement, le garçonnet battit des cils, roula sur le côté et sombra de nouveau dans le sommeil.

Mia n'était pas au bout de ses surprises. Rocco se releva, l'air chamboulé, la respiration hachée. Sous son regard ébahi, une larme roula sur sa joue. Le choc la cloua sur place. Jamais elle ne l'avait vu dans un tel état. Mais déjà, il l'essuyait du revers de la main. Elle n'avait pas eu le temps de prononcer un seul mot qu'il quittait la chambre.

— Rejoins-moi en bas. *Per favore.*

Mia prit son temps. Elle tira la couette sur Gianni, puis s'efforça de recouvrer son calme avant de descendre à son tour. Elle trouva Rocco en train de faire les cent pas dans le salon, tendu à l'extrême. Elle n'avait qu'une envie, qu'il s'en aille. Mais après la scène à laquelle elle venait d'assister, pouvait-elle vraiment continuer à l'accuser de la manipuler ? En la voyant, il vint se planter devant elle. Son regard lançait des éclairs.

— Gianni est mon fils. Tu m'as caché son existence. Pourquoi ?

Mia poussa un soupir. Retour à la case départ.

— Je ne t'ai rien caché du tout. Tu le sais très bien…

Rocco l'interrompit d'un geste exaspéré.

— Cesse de répéter cela en boucle ! Puisque je te dis que je ne savais pas ! s'exclama-t-il avec férocité.

— Comment peux-tu dire cela ? répliqua-t-elle sur le même ton. Comment oses-tu me traiter de menteuse ? Si tu ne savais rien, d'où tiens-tu mon adresse et une photo de Gianni ?

— *Nonna* a vu cette photo sur un panneau d'affichage alors qu'elle se rendait à la messe. Le choc lui a fait perdre connaissance et un médecin a dû lui administrer un sédatif. Même après s'être calmée, elle continuait d'affirmer que cet enfant était mon fils et que je devais le retrouver.

Mia étouffa une exclamation de surprise.

— Comment pouvait-elle en être aussi sûre ?

— *Nonna* a une photo de moi très semblable dans un médaillon autour de son cou, expliqua-t-il. Pour elle, c'était la preuve qu'elle n'était pas folle. Même moi, je ne l'ai pas crue, au début.

Un souvenir revint à Mia.

— Je connais cette photo. Elle me l'a montrée une fois, en me disant que c'était son *bambino*. J'ai cru qu'elle parlait de ton père. Mais c'était toi ?

— *Sì.*

Ses poings se serrèrent.

— Dire que j'ai failli ignorer sa demande… Je lui serai éternellement reconnaissant d'avoir insisté. Sans quoi, je serais resté dans l'ignorance.

Il darda sur elle un regard accusateur.

— Plus tard, j'aimerais comprendre ce que mon fils faisait sur ce panneau d'affichage. Dans l'immédiat, j'attends toujours une explication.

Mia sentit ses nerfs lâcher. Pourquoi persistait-il dans son interrogatoire ? Il possédait déjà toutes les réponses ! Elle avait même encore la dernière lettre de ses avocats la dissuadant de réclamer une pension alimentaire !

— À quoi joues-tu, Rocco ? Cela ne te suffit pas d'avoir fait de ma vie un enfer ? Pourquoi revenir me narguer en prétendant ne rien savoir ? Tu devrais avoir honte ! s'écria-t-elle. Mais tu en es incapable, n'est-ce pas ? Tout est tout noir ou tout blanc, avec toi. Tu as décidé que j'étais coupable, alors tu me le fais payer à vie. Mais entraîner mon fils dans ta vendetta… Cela, jamais je ne te le pardonnerai, tu m'entends ? Jamais !

Elle était si aveuglée par la colère qu'elle ne le vit pas approcher. Lorsqu'elle sentit le danger, il était trop tard. Trop tard pour l'empêcher de la plaquer contre lui. D'écraser sa bouche sur la sienne, forcer le passage entre ses lèvres et rallumer le désir qui couvait en elle. Elle tenta bien de lutter en se raccrochant à la raison. Mais c'était une bataille perdue d'avance.

Ses mains plaquées contre son torse oublièrent de le repousser comme sa langue se mêlait à la sienne. Ce premier assaut la liquéfia, et elle se serait effondrée telle une poupée de chiffon sans le bras ferme autour de sa taille. D'eux-mêmes, ses doigts se perdirent dans l'épaisseur sombre de ses cheveux. Elle caressa sa nuque, sa joue, son menton rugueux, tandis qu'il continuait à électriser ses sens. Le plaisir déferla dans ses veines, allumant un sillon de feu jusqu'à cet endroit en sommeil entre ses cuisses.

L'attitude de Rocco changea. D'avide et dominateur, il devint plus doux. Ses gestes, plus caressants. Mia perdait pied dans le maelström de sensations que cet homme savait si bien éveiller en elle. Son petit cri lorsqu'il lui fit éprouver toute la vigueur de son désir fut aspiré dans un nouveau baiser. Elle gémit, en priant pour que ce moment ne s'arrête jamais. Quand les lèvres de Rocco quittèrent les siennes pour s'égarer dans son cou, elle ferma les yeux et renversa la tête afin de lui faciliter l'accès. Son abandon lui valut un petit rire rocailleux qui l'émoustilla. Elle capitula pour de bon, frémissante de désir contre lui.

— Ta gorge est toujours aussi sensible, *cara*. Encore une chose qui n'a pas changé.

Sa douce langueur se dissipa à ces mots. Bon sang, avait-elle perdu la tête ? Elle tenta vainement de se dégager.

— Arrête, Rocco ! Lâche-moi !

Mais il continua à butiner son cou avec gourmandise, allant même jusqu'à le mordiller.

— Pourquoi ? susurra-t-il d'une voix enrouée. Pour que tu persistes à nier l'évidence ? Non, merci.

Il baissa les yeux sur ses seins et Mia suivit son regard. Mortifiée, elle s'aperçut que leurs pointes tendaient le fin coton de son pull. Quand Rocco pencha la tête et lécha un mamelon à travers le tissu, elle ne put réprimer un spasme. Avec un sourire, il referma les lèvres sur son trophée et le taquina entre ses dents jusqu'à lui arracher une plainte étranglée.

— Oui, je préfère cela. Nos corps ne mentent pas, eux. Même après tout ce temps.

Tout en parlant, il s'était redressé. Il l'accula contre la rampe d'escalier et moula son corps viril contre le sien.

Le feu du désir menaçait de consumer les fragiles défenses érigées autour de ses émotions. Elle ne pouvait pas le laisser faire. C'était déjà assez humiliant de s'être perdue dans son baiser. Pas question de baisser les armes une seconde fois. Surtout après le chaos qu'il avait semé dans sa vie.

— Mon corps te veut aussi éloigné de lui que possible, rétorqua-t-elle froidement.

Un sourire railleur souleva les lèvres de Rocco.

— Vraiment ? Alors pourquoi frémit-il contre le mien ? Que font tes bras autour de mon cou ? Ta façon de rouler les hanches est une invitation sans équivoque.

Mia sentit le sang affluer à ses joues.

— Je te jure que si tu me traites encore une fois de menteuse…

— Que vas-tu faire ? Crier ? Au risque d'effrayer notre fils ?

— Un coup de genou bien placé fera l'affaire.

Il s'esclaffa.

— Un conseil, *amante*. N'informe jamais ton adversaire de tes intentions.

Il ne fit aucun geste pour se protéger. Parce qu'il savait très bien qu'elle ne mettrait pas sa menace à exécution, devina-t-elle, consternée. Il lui fallait pourtant agir. Une seconde de plus dans cette position, pressée contre son érection, et elle ne répondait plus de rien.

— Lâche-moi, répéta-t-elle avec plus de force. Cette fois, je vais crier. Tant pis si Gianni se réveille. Peut-être est-il temps qu'il sache quel monstre est son père.

Cette dernière accusation porta ses fruits. Toute trace d'amusement disparut des traits de Rocco. Son bras autour de sa taille se resserra tel un étau.

— Explique-toi, intima-t-il d'une voix dangereusement calme. Pourquoi devrait-il me voir comme un monstre ?

Mia tenta encore de se libérer en le poussant de toutes ses forces. Sans succès. Rocco était un roc inamovible contre lequel elle ne faisait pas le poids. Son haussement de sourcils narquois fut la goutte de trop.

— Un monstre, oui ! C'est bien ce que tu es ! explosa-t-elle. Tu m'as accusée de harcèlement. Traînée en justice alors que j'étais enceinte de trois mois. Tu as exhibé chaque message téléphonique, chaque mail que je t'avais envoyé, et même des photos prises à mon insu pendant que j'attendais d'être reçue dans tes bureaux. Tu as utilisé tout cela comme preuves et convaincu le juge de délivrer une ordonnance restrictive contre moi, sans même daigner te présenter au tribunal sous prétexte que tu craignais pour ta vie !

Elle lui vrilla l'épaule d'un index rageur.

— Gianni a le droit de savoir qu'à cause de toi sa mère ne trouve plus de travail pour subvenir à ses besoins. Que tous ses prétendus amis et collègues lui ont tourné le dos. Tout cela depuis qu'on m'a collé l'étiquette d'ex folle furieuse qui harcèle le grand Rocco Vitelli !

Rocco l'avait lâchée si brusquement que Mia chancela. Les nerfs à fleur de peau, elle se laissa choir sur la dernière marche de l'escalier. Maudit soit-il ! Revivre ce traumatisme était la dernière chose dont elle avait besoin. Mais Rocco, en sadique qu'il était, l'avait poussée dans ses retranchements jusqu'à la faire craquer. Exactement comme trois ans plus tôt. Honteuse, elle se remémora comment elle l'avait supplié de la reprendre. Pendant deux mois, elle l'avait appelé tous les jours et lui avait envoyé des dizaines de mails. En désespoir de cause, elle lui avait même écrit des lettres qu'elle avait confiées à l'un de ses employés en l'implorant de les lui remettre.

Mia savait que Rocco les avait reçues. Sa dernière lettre, dans laquelle elle le conjurait de lui donner une seconde chance pour le bien de leur futur enfant, avait servi de pièce à conviction à cette pénible audience. Sa lecture à voix haute lui avait valu un regard empli de pitié de la part du juge. Ce qui ne l'avait pas empêché de délivrer l'ordonnance restrictive lui interdisant d'approcher ou contacter Rocco, avant de lui conseiller de se faire aider pour ses « tendances obsessionnelles ».

Elle avait quitté le tribunal hébétée, avec l'impression que le ciel venait de lui tomber sur la tête. Peu après, elle avait perdu son poste en intérim. Il lui était vite apparu que toutes les portes de l'emploi lui seraient désormais fermées. Comment lutter contre l'influence écrasante du nom Vitelli ? Dieu merci, sa grand-mère l'avait accueillie à bras ouverts quand elle s'était présentée chez elle, brisée et enceinte.

Deux élégantes chaussures italiennes se plantèrent devant elle. À contrecœur, Mia leva les yeux. Rocco, visage gris cendre et poings serrés, la fixait d'un œil implacable.

— De toutes les accusations absurdes que tu as proférées contre moi, celle-ci remporte la timbale.

Il se remit à arpenter la pièce, comme si garder son sang-froid lui coûtait un effort surhumain.

— Être mise face à tes actions doit être désagréable, je le comprends. Mais cette histoire sans queue ni tête dépasse l'entendement. Qu'espères-tu accomplir ainsi ?

Mia bondit.

— Attends une minute… Es-tu en train de m'accuser d'avoir tout inventé ? As-tu perdu la raison ?

— Au contraire. Si quelqu'un n'a plus toute sa tête, ici, ce n'est pas moi.

— Bon sang, Rocco ! Tu sais très bien que c'est la vérité !

— Prouve-le. Prouve-moi que mon fils n'est pas élevé par une mère folle à lier. Sans quoi, je ne perdrai pas une minute pour t'en retirer la garde.

Son ton calme et posé fit voir rouge à Mia. Non, mais quel culot ! Son sadisme ne connaissait aucune limite !

— Espèce d'ordure ! cracha-t-elle. Tu n'en as donc jamais assez ?

— N'est-ce pas plutôt à moi de dire cela ? répliqua-t-il sèchement. Tu ne serais pas la première ex-amante vindicative à se dresser entre un père et son enfant.

Mia serra les poings elle aussi, tremblante d'indignation. Qu'il aille au diable ! Mais à quoi cela l'avancerait-il de l'envoyer paître ? Gianni ne tarderait plus à se réveiller. Rocco devait à tout prix être parti d'ici là. Et pour cela, le mieux était encore d'accéder à sa demande.

— Tu veux des preuves ? Très bien, je vais te les donner. Mais à deux conditions.

— Mia…

— Non, à mon tour d'avoir des exigences, le coupa-t-elle. D'une part, je veux une garantie que rien de ce que je vais te montrer ne sera utilisé contre moi.

Devant sa mine perplexe, elle devança ses objections.

— Ne fais pas semblant de ne pas comprendre. Si tu veux tes réponses, accepte.

Après un silence saturé de tension, il hocha la tête.

— Entendu.

— Bien. D'autre part, dès que tu auras tes preuves, je veux que tu t'en ailles.

— Hors de question, décréta-t-il catégoriquement.

— Dans ce cas, tu ne me laisses pas le choix…

Elle traversa le salon et s'empara du téléphone.

— Que fais-tu ?

— Il y a un intrus chez moi. J'appelle la police.

Sa menace le laissa de marbre. Il ne cilla même pas.

— Comment va réagir la police, à ton avis, quand elle saura depuis combien de temps je suis là ?

— Alors va-t'en ! Je ne veux plus te voir ! s'écria-t-elle, au bord de la crise de nerfs. S'il te plaît, sors de chez moi !

Rocco la dévisagea avec une intensité qui lui remua les entrailles.

— *Va bene*, dit-il enfin. Tu as ma parole. Mais je reviendrai demain afin d'être présenté à mon fils en bonne et due forme. Après quoi, il faudra qu'on parle.

— Parler de quoi ? Je n'ai plus rien à te dire.

— Montre-moi les preuves, Mia.

Avec un soupir, elle se dirigea vers la commode et ouvrit un tiroir. Ses doigts tremblaient lorsqu'elle en sortit le dossier, à son grand dam. Elle détestait que Rocco la voie si vulnérable. Il tendit une main et elle lui confia la liasse de documents, étouffant un juron en le voyant s'asseoir dans son fauteuil préféré. Celui de sa grand-mère.

Elle, de son côté, resta debout tandis qu'il étudiait les pièces du dossier. Les copies des mails qu'elle lui avait envoyés face à son refus de prendre ses appels. Les photos d'elle prises par ses détectives privés, courant après sa voiture devant ses bureaux de Milan. Ce jour-là, il était sorti par le parking au lieu de l'entrée principale comme on le lui avait laissé entendre. Elle venait de patienter six heures dans l'espoir de lui parler, et n'avait fait que l'apercevoir dans sa Ferrari. Le souvenir de cette humiliation lui brûla les joues.

— Ça y est ? Tu en as assez vu ?

Rocco leva la tête.

— Quand ces photos ont-elles été prises ? lui demanda-t-il.

— Comme si tu l'ignorais…

Il en retourna quelques-unes et déchiffra les dates au dos.

— Six semaines après ton départ…

— Je ne suis pas partie. Tu m'as mise à la porte, rectifia-t-elle.

Il fronça les sourcils, sans prêter attention à sa remarque.

— Tu es restée en Italie tout ce temps ?

— J'y suis restée deux mois. Tu le sais très bien.

Cette fois, il ne répondit pas et se remit à examiner les photos une par une. Puis il lut en détail la transcription de l'audience, ainsi que les termes de l'ordonnance restrictive. Lorsqu'il eut terminé, il referma le tout et se leva. Sa pâleur interpella Mia. Il semblait sous le choc, les yeux fixés sur le dossier comme s'il s'agissait d'un extraterrestre.

— C'est désagréable d'être mis face à ses actions, n'est-ce pas ? persifla-t-elle, retournant sa propre formule contre lui. Maintenant que tu t'es assez rafraîchi la mémoire, tu veux bien t'en aller, s'il te plaît ?

Lentement, il tourna la tête vers elle. Mia tressaillit. Dans son regard se mêlaient incompréhension et détresse. Lorsqu'il parla, sa voix ressemblait à un croassement étranglé.

— J'ignore qui t'a fait cela, Mia. Mais ce n'est pas moi.

4.

— Pardon ?

Mia était certaine d'avoir mal entendu. Rocco désigna le dossier, la mine ombrageuse.

— Tout ce qu'il y a là-dedans… Ce n'est pas de mon fait.

Prise de vertige, Mia s'appuya contre la commode. Son cerveau peinait à absorber cette nouvelle information.

— Ce n'est pas de ton fait, répéta-t-elle comme si les mots appartenaient à une autre langue.

— Non.

Il vint se poster devant elle, les épaules rigides.

— Quelqu'un a monté ce dossier de toutes pièces.

— Quelqu'un ?

Mia retrouva brusquement sa voix.

— Tu n'aurais rien à voir là-dedans et quelqu'un d'autre serait responsable ? Tu penses vraiment que je vais avaler cela ?

Il poussa un soupir agacé et lui saisit les deux bras.

— Calme-toi, Mia. Nous devons réfléchir à tout cela posément.

— Non ! s'emporta-t-elle en se dégageant violemment. Tu avais promis de partir quand tu aurais vu les preuves, alors va-t'en !

Son sang-froid ne tenait plus qu'à un fil. Elle n'en supporterait pas davantage. Les jambes flageolantes, elle se dirigea vers la porte, la main déjà tendue vers la poignée.

— Tu es bouleversée, dit Rocco dans son dos. C'est normal…

Elle fit volte-face.

— Bien sûr que je suis bouleversée ! Je ne suis pas un robot comme toi ! Ça suffit, Rocco. Tu as suffisamment insulté mon intelligence. Tout ce qui est dans ce dossier est vrai. Les appels, les mails, les heures passées à t'attendre dans le hall de tes bureaux… J'ai tout essayé pour te contacter car j'estimais que tu avais le droit de connaître ton futur enfant. Tout cela pour que tu l'utilises contre moi et m'accuses de harcèlement ! Et tu prétends n'y être pour rien ?

Elle ravala le sanglot qui lui montait à la gorge.

— Tu me dégoûtes, Rocco. Tu sais cela ?

— *Basta !* Calme-toi et laisse-moi te prouver que j'ai raison.

Il plongea la main dans la poche intérieure de sa veste et en sortit son passeport. Puis il se pencha pour ouvrir le dossier.

— Approche, intima-t-il.

Mia se braqua face à cette nouvelle démonstration d'autorité. Mais la curiosité la poussa à obéir. Sa confusion redoubla lorsqu'il plaça son passeport ouvert à côté de la dernière page de sa déposition.

— Rien ne te frappe ?

Elle fronça les sourcils.

— Que suis-je censée voir ?

— Cette déposition a été présentée comme la mienne, n'est-ce pas ? Observe la signature en bas de la page. Maintenant, regarde celle sur mon passeport.

Mia se pencha plus près. Son regard passa d'un document à l'autre. Une fois. Deux fois… La pièce parut soudain tanguer autour d'elle.

— Ce n'est pas ta signature au bas de la déposition, balbutia-t-elle.

Il hocha la tête gravement.

— *Io sono spaciente.*

Dans son état d'extrême émotivité, ces trois mots furent l'étincelle qui mit le feu aux poudres.

— Tu es *désolé* ? hurla-t-elle en le martelant de ses poings. Pendant trois ans, j'ai vécu dans la peur quotidienne d'être jetée en prison. De perdre mon fils pour avoir violé Dieu sait quel terme de l'ordonnance restrictive... Et c'est tout ce que tu trouves à dire ?

Ses larmes jaillirent comme une digue cédait en elle sous le trop-plein d'émotions.

Rocco resta immobile tandis qu'elle déversait sur lui toute sa rage et sa détresse. Quand elle chancela, il l'enveloppa de ses bras et la serra très fort. Entre deux spasmes, elle l'entendait lui murmurer des mots en italien, censés l'apaiser, mais produisant l'effet exactement inverse. Elle continua à le frapper aux bras, aux épaules, partout où elle pouvait l'atteindre, jusqu'à s'affaisser pour de bon contre lui, à bout de forces.

Peu à peu, ses pleurs se muèrent en hoquets. C'est là qu'elle l'entendit. La plainte impatiente de Gianni appelant pour qu'elle vienne le chercher. Dans un sursaut, elle s'arracha à l'étreinte de Rocco et recula en trébuchant.

— Va-t'en, maintenant.

— Je ne peux pas te laisser seule dans cet état, *cara*...

— Tu avais promis !

Un nouveau geignement plaintif leur parvint. Mia hésita, partagée entre son instinct maternel qui la poussait vers son fils et le besoin de s'assurer que Rocco s'en allait bel et bien. Le carillon strident de la sonnette la fit sursauter. Une fois de plus, Rocco prit les choses en main.

— Va t'occuper de Gianni. Je vais ouvrir.

Encore à donner des ordres. Mais elle devait reconnaître que cela l'arrangeait. Elle obéit et monta quatre à quatre l'escalier, tout en s'efforçant d'effacer de son visage les traces de sa crise de larmes. Alors qu'elle atteignait l'étage, elle entendit Mme Hart saluer Rocco avec effusion, comme s'ils étaient de vieux amis.

De mieux en mieux. Réprimant son agacement, elle entra dans la chambre de son fils, à temps pour surprendre Gianni en pleine tentative d'évasion, une jambe passée par-dessus la barrière de son lit. Mia se précipita vers lui et le souleva dans ses bras.

— Non, mon chéri. Je t'ai déjà dit de ne pas faire cela.

Elle enfouit le nez dans son cou en le serrant fort contre elle. Sa colère et son anxiété s'évanouirent, chassées par une puissante vague d'amour. Malgré les protestations du petit garçon qui commençait à se tortiller dans ses bras, Mia prolongea le moment. C'était si agréable, après l'heure éprouvante qu'elle venait de vivre, et ce qui l'attendait sans doute encore. Mais Gianni se débattait de plus en plus pour se libérer.

— D'accord, d'accord, capitula-t-elle. Allez, on change la couche.

Le petit garçon secoua vigoureusement la tête.

— Non !

— Si. Et après, tu pourras jouer avec tes petites voitures.

Un large sourire fendit le visage de Gianni.

— Voitures ! répéta-t-il avec enthousiasme.

Tandis qu'elle changeait sa couche, Mia priait pour que Rocco soit parti lorsqu'elle redescendrait. Son instinct lui soufflait qu'elle se berçait d'illusions. Mais tout espoir était bon à prendre. Son fils changé, elle le reprit dans ses bras et lui tendit deux petites voitures de course, une rouge et une jaune. Dans l'escalier, la dernière partie de sa conversation avec Rocco repassa dans sa tête.

Était-ce la vérité ? Quelqu'un l'avait-il traînée en justice sur des accusations forgées de toutes pièces à l'insu de Rocco ? Cela semblait impensable. Et s'il ignorait tout ce temps qu'il était père, que ferait-il maintenant qu'il savait ? Le souvenir de son expression féroce quand elle l'avait accusé d'avoir renié son enfant la fit frissonner.

Crois-tu qu'on puisse se dresser entre moi et mon fils ?

Que voulait-il dire par là ? Comptait-il lui enlever Gianni ? La faire déclarer inapte afin d'obtenir la garde exclusive de leur fils en Italie ? Une sueur froide lui coula entre les omoplates. Elle devait à tout prix découvrir ses intentions ! Affolée, elle cala le garçonnet sur sa hanche et dévala les dernières marches. Mais pour une fois, ses prières avaient été exaucées. Le salon était vide.

Après une nuit blanche passée à ruminer les événements de la journée, Mia se leva à l'aube, pas plus avancée sur les projets de Rocco. Allait-il revenir ? Ou disparaître comme il était venu après avoir à nouveau semé le chaos dans sa vie ? Dans son désarroi, elle n'avait pas eu le réflexe de l'interroger lorsqu'il avait affirmé n'avoir rien à voir avec l'ordonnance restrictive. Si ce n'était pas lui qui avait fabriqué ce faux dossier et porté plainte… alors qui ? Et à quelles fins ? Qui pouvait être assez cruel pour monter une telle cabale contre elle et son futur enfant ?

Pendant ses années en Italie, en tant qu'ingénieur structure chez Vitelli Construction elle avait rencontré une foule de personnes. Une telle effervescence sociale dans la sphère d'un si puissant milliardaire était inévitable. Tenter d'isoler un suspect parmi tous ces gens n'avait réussi qu'à lui donner un sévère mal de crâne.

Alessandro, le cousin de Rocco, et sa femme, Allegra, s'étaient montrés froids envers elle quand Rocco l'avait installée dans sa villa de Palerme, qu'il partageait avec sa *nonna*, peu après leurs fiançailles. Suite au départ d'Alessandro pour le Brésil où, en tant que bras droit de Rocco, il travaillait à implanter Vitelli Construction en Amérique latine, leurs relations n'avaient jamais eu l'occasion de se développer. À vrai dire, Mia avait le sentiment qu'Alessandro ne l'appréciait guère. De là à l'accuser d'avoir orchestré une odieuse vendetta contre elle…

Ce qui soulevait un autre dilemme. Si les charges contre elle étaient infondées, il lui faudrait engager un avocat ou un détective privé afin de prouver son innocence et faire réviser le jugement. Or, elle n'en avait pas les moyens. Retour à la case départ. Impossible de réparer l'injustice commise contre elle, à moins de mettre la main sur la somme nécessaire.

Ces questions tourbillonnaient dans sa tête quand la sonnette retentit, peu après 9 heures. Elle tendit une tartine de marmelade à Gianni dans sa chaise haute, essuya les miettes collantes sur ses doigts et alla ouvrir.

Rocco se tenait sur le seuil, toujours aussi grand et imposant, et tout de noir vêtu. Son cœur exécuta un tel salto qu'elle dut se raccrocher à la poignée. Comment faisait-il pour être aussi sexy de bon matin ? Elle, par contraste, affichait une mine de papier mâché.

— Tu vas à un enterrement ? railla-t-elle pour se donner contenance. Je croyais t'avoir expressément demandé de ne pas revenir.

Seigneur, elle haïssait la façon dont son cœur s'emballait dès qu'il apparaissait. Dont chaque cellule de son corps se liquéfiait en sa présence. Dont il irradiait de vitalité alors qu'elle était à ramasser à la petite cuillère. Plus que tout, elle haïssait son instinct qui la mettait en garde : Rocco n'était sûrement pas là pour s'enquérir de sa santé.

— Toujours aussi revêche quand tu as mal dormi, lança-t-il avec un sourire amusé.

Et il entra sans y avoir été invité.

— Qu'est-ce que tu fais ici ? demanda-t-elle avec un calme feint.

Gianni était dans la pièce d'à côté. Elle ne voulait pas l'effrayer en haussant la voix. Rocco pinça les lèvres.

— Tu pensais vraiment te débarrasser de moi après ce que j'ai appris hier ?

Avec un soupir, Mia referma la porte. Lorsqu'elle se retourna, elle se heurta de plein fouet au regard perçant de Rocco qui la détaillait de la tête aux pieds. Des papillons s'agitèrent dans son ventre comme ses yeux s'attardaient sur ses seins plus longtemps que de raison.

— J'espérais que tu respecterais ma volonté, oui, répondit-elle, un trémolo dans la voix.

Et zut. Comment diable faisait-il cela ? Un seul regard, et elle perdait tous ses moyens !

— Tu es bien naïve, Mia. J'ai déjà prévenu *nonna* qu'elle avait vu juste. Crois-moi, je compte bien faire connaissance avec mon fils.

Il avait parlé d'un ton mesuré. Pour le bien de Gianni, soupçonnait-elle, qui s'agitait sur sa chaise haute dans la cuisine. Comme attiré par un aimant, il suivit la direction du bruit.

— Rocco, attends !

— Non. J'ai déjà attendu trop longtemps.

La seconde d'après, il disparaissait dans la cuisine. Le temps de le rejoindre, elle le trouva assis devant Gianni. Le père et le fils se fixaient avec une égale fascination. Le cœur de Mia se mit à battre plus vite.

— *Buongiorno*, Gianni. *Io sono papà*, se présenta Rocco avec un mélange de fierté et d'émotion.

Comme s'il mesurait la solennité de ces mots, Gianni hocha la tête. Une moue se forma sur ses lèvres quand Rocco tendit la main vers lui. Mia retint son souffle, prête à voler au secours de son fils au premier signe de détresse. Dieu merci, il n'y eut pas de larmes.

Avec douceur, Rocco lui caressa les cheveux, tout en dévorant son visage des yeux comme pour en graver chaque trait dans sa mémoire. Il murmurait des mots inintelligibles, qui durent apaiser Gianni car peu à peu, sa moue s'effaça, remplacée par une expression curieuse. Quand la main de Rocco glissa vers sa joue, il l'imita en s'emparant d'un morceau de toast qu'il pressa contre la figure de son père. Rocco éclata de rire et l'attrapa entre ses dents, avant de le mastiquer avec des grognements d'ours affamé. Gianni se fendit d'un sourire ravi et répéta l'opération.

Bouleversée, Mia cacha son émotion en allant chercher un yaourt dans le frigo. Derrière elle, père et fils approfondissaient leur complicité en gazouillant des paroles sans queue ni tête. Rocco se montrait très volubile et louait la vivacité du petit garçon. Le cœur de Mia se serra. Une part d'elle, elle devait l'admettre, avait espéré que Gianni prenne son père en grippe. Mais à quoi cela aurait-il servi ? Rocco ne tolérait pas l'échec. Son intelligence aiguisée et son goût du risque n'étaient-ils pas ce qui l'avait poussée à postuler chez Vitelli Construction ? S'il n'avait pas noué un lien immédiat avec son fils, il aurait persévéré. Sa détermination ne connaissait aucune limite. Alors peut-être était-ce mieux ainsi.

Lorsqu'elle referma la porte du frigo, il essuyait un peu de marmelade sur le menton de Gianni. Sentant son regard sur lui, il leva la tête. Toute tendresse s'envola de ses traits.

— Il faut qu'on parle.

— Je dois donner son yaourt à Gianni, dit-elle pour gagner du temps.

Sa tactique échoua.

— Je m'en occupe, décréta-t-il en lui prenant le yaourt des mains. Pendant ce temps, va préparer un sac.

Mia manqua s'étouffer.

— Un sac ? Pour aller où ? Je n'ai aucune intention de te suivre !

Rocco tendit le bras et Mia se raidit, craignant de perdre ses moyens s'il la touchait encore. Mais il se contenta d'attraper une cuillère en plastique sur le plan de travail derrière elle. Un sourire moqueur joua sur ses lèvres.

— Du calme, *cara*. Tu es devenue bien nerveuse…

— Cela t'étonne ? répliqua-t-elle. Depuis trois ans, je vis dans la peur d'être arrêtée à tout instant.

Une émotion traversa son visage, trop fugace pour qu'elle ait le temps de l'identifier. Son expression s'adoucit quelque peu.

— Je parlais d'un sac pour Gianni, étant donné que nous serons sortis toute la journée.

Mia croisa les bras, sur la défensive.

— Sortis ? Où cela ?

— J'ai transmis ton dossier à mes avocats hier soir, l'informa Rocco. Ils n'avaient jamais eu connaissance de ces documents avant. Mes soupçons sont donc confirmés. Les charges contre toi étaient frauduleuses.

Le choc fit chanceler Mia. C'était comme si le sol se dérobait sous ses pieds. Deux mains fermes la retinrent par la taille.

— Tout va bien ? s'enquit Rocco, l'air inquiet.

Ou était-ce son imagination ? Mia s'interdit de s'appesantir sur la question et se dégagea en douceur.

— Alors tous ces courriers d'intimidation… Ces trois années d'angoisse quotidienne… Tout cela, c'était du vent ? résuma-t-elle d'une voix blanche.

Le visage de Rocco s'assombrit tandis qu'il s'asseyait face à Gianni pour lui donner son yaourt.

— La personne derrière ces menaces tenait à ce que tu les prennes au sérieux, avança-t-il.

— Mais qui ferait une chose pareille ? s'exclama-t-elle dans un regain de colère.

Rocco haussa les épaules.

— J'ai de nombreux ennemis. C'est monnaie courante là où règnent le pouvoir et l'argent. Le coupable a dû chercher à m'atteindre à travers toi.

Mia laissa échapper un rire amer.

— Tu parles d'une erreur de calcul ! Quand tu as cru

que j'avais transmis tes précieux plans à tes concurrents, tu m'as aussitôt jetée à la rue. À croire que tu n'attendais que cela. Je suis surprise que cette punition ne vienne pas de toi.

Rocco tressaillit comme sous l'effet d'une gifle. Mais son visage demeura impassible. Il continua à nourrir Gianni jusqu'à ce que le pot soit vide, puis débarrassa et nettoya le plateau avec une efficacité donnant à croire qu'il avait fait cela toute sa vie. Dire qu'il venait tout juste de rencontrer son fils… Il avait endossé son rôle de père avec un tel naturel ! L'angoisse de Mia concernant ses intentions lui revint en force.

Rocco tendit une petite voiture rouge à Gianni et lui ébouriffa affectueusement les cheveux avant de se tourner vers elle.

— Les femmes que je fréquente ont toujours accepté mes termes. Tu es la seule exception.

Mia leva le menton, indignée par cette pique à peine voilée.

— Tu me reproches de m'être défendue quand j'ai été accusée d'espionnage industriel ?

— Les preuves étaient contre toi. Mieux valait faire profil bas que chercher à attirer davantage l'attention.

— Et être cataloguée comme voleuse pour le reste de ma vie ? Déjà que tu ne t'es pas gêné pour ruiner ma réputation… Plus personne ne m'aurait engagée. Qu'est-ce que je serais devenue ?

Le regard dont il la transperça lui donna la chair de poule.

— Tu serais mariée à un milliardaire, si tu n'avais pas révélé tes vraies intentions avant d'avoir la bague au doigt, rétorqua-t-il. Il te suffisait de tenir ta langue et tu aurais réussi ton coup, pas vrai ?

Mia fronça les sourcils, complètement perdue.

— De quoi parles-tu ?

Il ignora sa question et regarda sa montre.

— Nous avons rendez-vous avec mes avocats à 13 heures. Dépêchons-nous si nous ne voulons pas être en retard.

Ce brusque changement de sujet la déstabilisa.

— Tes avocats ? Pourquoi voudraient-ils me voir ?

— Une enquête pour fraude a été officiellement ouverte, répondit-il. Ton témoignage est nécessaire.

— Pourquoi ne m'as-tu pas consultée ? objecta Mia. Tu crois pouvoir détruire ma vie, puis resurgir trois ans plus tard et m'imposer tes décisions ? Tout ce dont tu as besoin est dans ce dossier. Cela devrait suffire, non ?

Sa voix s'était envolée dans les aigus malgré elle. Trop tard, elle s'aperçut que Gianni la fixait en cillant, au bord des larmes. Elle se hâta de le prendre dans ses bras pour le réconforter, tout en fusillant Rocco du regard par-dessus sa tête. Imperturbable, il s'appuya contre le plan de travail, chevilles croisées en une posture nonchalante.

— Je pensais que cette chance de blanchir ton nom te ferait plaisir. À moins que tu préfères garder l'étiquette de harceleuse obsessionnelle à vie ?

Une lueur moqueuse dansait dans ses yeux bleus. Mia l'aurait giflé ! Mais avec son fils dans les bras, elle se contenta de lui jeter un autre regard assassin, avant d'aller installer Gianni sur son tapis de jeux dans le salon. Quand elle se retourna, Rocco se tenait juste derrière elle. Sa stature virile emplissait tout son champ de vision, de sorte qu'elle perdit momentanément le fil de ce qu'elle voulait dire.

— Je te hais, lança-t-elle à voix basse pour ne pas effrayer Gianni. Bien sûr que je veux blanchir mon nom ! Mais pas en faisant tes quatre volontés !

Un sourire sensuel incurva les lèvres de Rocco. Son regard avait pris un éclat de braise qui réveilla des sensations oubliées dans le creux de ses reins.

— Je ne connais que deux choses capables de retenir ton attention, *cara*. Le travail et le sexe. Nos frictions en réunion étaient stimulantes, mais moins que celles dans notre chambre.

Ses mains glissèrent le long de ses hanches pour se refermer sur ses fesses. En pur mâle alpha, il la plaqua contre le renflement dur de son entrejambe. Sa bouche s'abaissa, suspendue à quelques millimètres au-dessus de la sienne en une délicieuse promesse.

— Au lit, nous étions en symbiose, susurra-t-il. Si c'est le seul moyen d'obtenir ta coopération, je suis prêt à donner de ma personne.

— Je t'en prie, ne te sacrifie pas pour moi, repartit-elle, se réfugiant dans le sarcasme.

Sans grand succès, à en croire son petit rire rauque.

— Oh ! cela n'aura rien d'un sacrifice. Je te l'ai dit, nos corps ne mentent pas.

Ses doigts suivaient maintenant la courbe de sa taille. Partout où ils la touchaient, des étincelles crépitaient sous sa peau. Quand sa main moula l'un de ses seins, Mia sut qu'elle devait agir avant de se dissoudre en une flaque de désir à ses pieds.

D'un geste mal assuré, elle le repoussa.

— Tu oublies un détail, Rocco.

Il arqua un sourcil, ses lèvres si proches que son souffle brûlant balayait les siennes. Il suffirait d'un rien pour que leurs bouches s'unissent…

— Tu m'as bannie de ta vie il y a trois ans, rappela-t-elle dans un effort pour se ressaisir. Je ne devais jamais reparaître devant toi, as-tu oublié ?

— Pas parce que je m'étais lassé du plaisir que nous nous procurions mutuellement, répondit-il. Pourquoi crois-tu que je n'ai plus jamais remis les pieds en Angleterre ?

Cet aveu franc et direct prit Mia au dépourvu.

— Même après m'avoir accusée de vol ? Comment est-ce possible ?

Un sourire cynique joua sur ses lèvres.

— Tel est le pouvoir du sexe. Même la pire trahison ne détourne pas le corps de ce qu'il veut.

Il la pressa plus étroitement contre son bassin afin de prouver ses dires.

— C'est… c'est d'un sordide, protesta Mia.

— Non, c'est la simple vérité.

Cette fois, ses lèvres effleurèrent les siennes. Le désir l'irradia pour venir se concentrer entre ses cuisses. Un gémissement lui échappa avant qu'elle puisse le ravaler. Lorsqu'il recula la tête, elle s'aperçut que ses mains agrippaient sa chemise au lieu de chercher à le repousser.

— Arrête, Rocco. C'est cela, l'exemple que tu comptes donner à notre fils ?

Si elle croyait l'offenser, ses espoirs furent déçus.

— Vous les Anglais êtes trop inhibés, répliqua-t-il avec un haussement d'épaules. Notre alchimie est naturelle. C'est bien que Gianni apprenne à exprimer ouvertement ses émotions.

Il était sincère, elle le savait. Elle avait souvent été le témoin envieux de son affection expansive pour sa grand-mère et ses cousins. Mais là, c'était différent.

— Je ne ressens aucune alchimie, déclara-t-elle avec aplomb.

Il lui caressa la joue de l'index, une ébauche de sourire aux lèvres.

— Vraiment ? Alors qu'y a-t-il entre nous ?

— De mon côté, des envies de meurtre.

— Tu n'es pas la première à vouloir ma tête sur un plateau, commenta-t-il, visiblement peu affecté par sa repartie venimeuse.

— Tu veux dire que je ne suis pas la première à avoir été faussement accusée de vol ?

Cette fois, l'attaque fit mouche. La flamme dans ses yeux bleus s'éteignit comme une bougie qu'on aurait soufflée. Elle aurait dû se réjouir de l'avoir atteint. Alors pourquoi cette sensation de vide lorsqu'il la lâcha brusquement ? Après tout le mal qu'il lui avait fait, était-elle toujours aussi incapable de lui résister ?

— Tu as raison. Il y a certaines scènes auxquelles mon fils ne devrait pas assister.

Mon fils. Cette formulation possessive hérissa Mia. *C'est mon fils aussi*, faillit-elle rétorquer, avant de se raviser. La matinée avait été forte en émotions pour Gianni. Lui d'ordinaire si volubile observait ses parents sans un mot. Cela l'excédait de l'admettre, mais Rocco avait raison. Elle s'était laissé entraîner dans cet échange houleux sans songer aux conséquences sur Gianni.

Au fond, n'avait-il pas toujours eu cet effet sur elle ? Son physique ténébreux et sa musculature d'athlète l'avaient séduite au premier regard. À peine trois mois après avoir intégré Vitelli Construction, elle s'entichait déjà du patron ! Bonjour les ennuis ! Mais c'était son intelligence supérieure qui avait fait pencher la balance, et la simple attirance s'était muée en véritable passion.

Et ne l'avait-il pas encouragée ? N'en avait-il pas profité comme si c'était son dû ? Il avait pris tout ce qu'elle avait à offrir et au-delà, jusqu'à ce qu'elle se sente peu à peu disparaître dans l'ombre du charismatique Rocco Vitelli. Avec le recul, elle se méprisait d'avoir failli renoncer à tout ce pour quoi elle avait travaillé si dur, juste pour lui plaire. Car la vraie nature du mariage qu'il lui proposait n'avait pas tardé à lui apparaître : c'était un cadeau fait à sa grand-mère. Une formalité nécessaire à la production des héritiers destinés à reprendre le flambeau de l'empire Vitelli.

En définitive, rien de tout cela n'avait plus d'importance, puisqu'elle avait quand même tout perdu. En particulier sa carrière. Elle qui était si fière d'en être arrivée là, d'avoir su surmonter ses doutes après s'être entendu répéter si souvent qu'elle ne valait rien… Et voilà qu'aujourd'hui, Rocco lui faisait miroiter la promesse de blanchir son nom et tourner la page sur le cauchemar de ces trois dernières années.

Était-elle assez stupide pour refuser cette chance ? Deux choix s'offraient à elle. Se complaire dans sa rancune en ruminant le passé. Ou accepter l'aide de Rocco et reprendre le contrôle de sa vie.

Elle prit une grande inspiration.

— Pour combien de temps en avons-nous ? demanda-t-elle.

Les épaules de Rocco se relâchèrent imperceptiblement. Cela rassura Mia. C'était le signe que lui aussi tenait à démêler cette histoire, non ?

— Si tout va bien, l'aspect juridique devrait être réglé d'ici la fin de l'après-midi, répondit-il.

Mia n'osait y croire. À l'heure du thé, elle serait débarrassée de l'épée de Damoclès suspendue au-dessus de sa tête depuis trois ans !

Comment aurait-elle pu deviner, alors, les véritables intentions de Rocco ?

5.

Rocco n'avait pas fermé l'œil de la nuit. Découvrir qu'il avait un fils, et que ce fils lui avait été caché par les machinations d'une personne malfaisante, l'avait tenu éveillé plus sûrement que les litres de café qu'il consommait sans modération. Colère, choc et un profond sentiment d'injustice s'étaient disputés en lui. Mais la détermination l'avait emporté. Il avait un fils et il comptait bien le revendiquer. Par tous les moyens possibles.

Resté seul avec Gianni, il s'accroupit devant lui, une fois de plus submergé par ce miracle de la vie. Une boule d'émotion lui nouait la gorge. Deux petites mains potelées lui tendirent une voiture de course rouge. Rocco l'accepta et s'installa plus confortablement sur le tapis de jeux.

Son fils était devenu sa priorité numéro un. Or, le garçonnet était indissociable de sa mère, il l'avait vite compris. Ses plans devaient donc aussi inclure Mia. Avant même d'appeler *nonna* pour lui confirmer la nouvelle, il avait su ce qu'il avait à faire. Et s'il avait eu mauvaise conscience à ce sujet, les sanglots de joie de sa grand-mère l'avaient conforté dans sa décision.

La Mia qu'il connaissait était une forte tête, pas du genre à se laisser marcher sur les pieds. L'épreuve qu'elle avait traversée en aurait abattu plus d'un. Mais pas Mia Gallagher, qui avait gardé toute sa fibre combative. La convaincre ne serait pas chose aisée. À lui d'agir avec prudence. Quoi qu'il en soit, il parviendrait à ses fins.

Pour commencer, il lui rendrait tout ce qu'elle avait perdu trois ans plus tôt. Ainsi qu'elle le lui avait prouvé, argent et privilèges constituaient de puissants aphrodisiaques. Tout ce qu'il avait à faire était d'agiter ses vieux rêves devant elle, et elle retomberait dans ses bras. Le sort avait réglé l'unique obstacle à leur précédente relation : lui donner un héritier. Son désir le plus cher, et elle le savait. Mais seuls le pouvoir et l'influence attachés à sa position l'intéressaient. Ce qui l'avait le plus blessé, c'était le mépris avec lequel, obnubilée par la reconquête de sa précieuse carrière, elle avait balayé ses reproches.

Je n'ai aucune intention de porter ton enfant !

Ses mots, lors de leur dernière confrontation, continuaient à lui vriller les entrailles. Alors pourquoi avait-elle gardé le bébé ? Avait-elle d'elle-même changé d'avis en se découvrant enceinte ? Comment avait-elle vécu la grossesse ? Il relégua ces questions dans un coin de son esprit. Il brûlait d'en connaître les réponses, mais son fils passait avant tout. Sans le savoir, il avait tenu sa promesse à *nonna*. Gianni était un don du ciel. Il ne laisserait personne l'en séparer à nouveau.

Mia passait anxieusement en revue le maigre contenu de sa garde-robe. Pourquoi stressait-elle à l'idée de rencontrer des avocats ? Ne devrait-elle pas se réjouir, au contraire, de cette démarche ? Non, le vrai problème était ailleurs. Rocco ne lui avait rien dévoilé de ses intentions concernant Gianni. Au vu de son émotion et de la complicité immédiate entre le père et le fils, elle devait s'attendre à ce qu'il exige de faire partie de sa vie. Cette perspective la terrifiait.

D'un geste impatient, elle tira de son cintre sa seule tenue à peu près décente : une robe cache-cœur bleu marine lui arrivant au genou qui avait connu des jours meilleurs. Elle repéra également sa paire d'escarpins noirs au fond du placard, les enfila et marcha jusqu'à la fenêtre afin de tester son équilibre. Habituée aux ballerines plates depuis la naissance de Gianni, elle redoutait de trébucher sur ses talons de huit centimètres avec son fils dans les bras. Rassurée sur ce point, elle se brossa les cheveux, puis appliqua une touche de gloss sur ses lèvres. Après un dernier regard dans le miroir, elle quitta sa chambre et alla chercher le sac qu'elle avait préparé dans celle de Gianni.

Des éclats de rire lui parvinrent alors qu'elle descendait l'escalier. La première chose qu'elle vit fut les jambes de Rocco par terre. Son regard remonta le long des cuisses musclées, des hanches étroites, jusqu'au large torse que chevauchait Gianni, s'esclaffant joyeusement aux grimaces de son père étalé sur le tapis. Ils ne s'aperçurent pas tout de suite qu'ils avaient une spectatrice. L'hilarité dans les yeux de Rocco rappela à Mia les bons moments qu'ils avaient eus ensemble, à plaisanter ou même à rire de rien, simplement parce qu'ils étaient heureux. Une bouffée de nostalgie l'envahit.

— Je suis prête, lança-t-elle afin d'y couper court.

Elle aurait tant voulu le haïr ! Mais face à ce spectacle d'un père gâteau et de son fils aux anges, son cœur n'y parvenait pas. Rocco se leva avec souplesse, Gianni calé sur la hanche, et passa une main dans ses cheveux en désordre. Seigneur, pourquoi fallait-il en plus qu'il soit aussi sexy ?

— Ah, ta maman se décide enfin à nous rejoindre…

Ses yeux bleus se promenèrent sur sa silhouette, s'attardant particulièrement sur ses hanches et son décolleté. Un frisson brûlant parcourut Mia.

Gianni se fendit d'un sourire admiratif.

— Maman… jolie !

Mia posa le sac avant qu'il glisse de ses mains devenues moites et tendit les bras vers son fils.

— Je l'ai changé avant le petit déjeuner, dit-elle. Je n'ai plus qu'à lui mettre son pull et on peut y aller.

Les yeux de Rocco ne la quittèrent pas un instant tandis qu'elle installait le petit garçon sur le canapé et achevait de l'habiller. Quand elle releva la tête, il se tenait devant la porte ouverte, le sac de Gianni à la main.

— Passe-le-moi pendant que tu fermes à clé.

Mia hésita. Elle n'avait plus l'habitude d'une autre présence adulte dans la vie de Gianni depuis la mort de sa grand-mère. Le confier si vite à quelqu'un la perturbait.

L'expression de Rocco se durcit.

— Je ne vais pas le kidnapper dès que tu auras le dos tourné, si c'est ce que tu penses.

Mais c'était tout le problème. Elle ignorait quoi penser, puisqu'elle n'avait aucune idée du rôle qu'il comptait jouer dans la vie de son fils. En proie à un tumulte d'émotions, elle lui tendit Gianni, extirpa ses clés de son sac et ferma la porte derrière elle. Lorsqu'elle s'approcha de la voiture, Rocco finissait d'installer le garçonnet dans un siège enfant flambant neuf. Sa surprise dut transparaître car il haussa un sourcil.

— Tu croyais que j'allais oublier un équipement aussi important ?

Pour être honnête, oui. Mais Rocco, bien que fils unique, était entouré d'une famille nombreuse qui lui avait donné d'innombrables petits-cousins et petites-cousines. Il avait beaucoup plus d'expérience avec les enfants que Mia n'en avait jamais eu. Cette prise de conscience l'inquiéta. Elle monta dans la luxueuse Bentley avec la désagréable impression de perdre le contrôle de sa vie. C'était absurde. Rocco n'avait fait qu'acheter un siège auto à son fils. Quoi de si terrible à cela ?

Elle croisa les jambes, et les décroisa aussitôt quand son mollet effleura celui de Rocco. Un courant électrique la traversa. Sous sa robe, ses mamelons se durcirent douloureusement. Cette réaction physique la consterna. Dire qu'elle avait deux heures de trajet à endurer la proximité de Rocco ! Pour ne rien arranger, son trouble ne lui avait pas échappé.

— Je ne te demande pas ce qu'il y a, *cara*. Je l'ai senti aussi.

Son regard appuyé attisa le feu entre ses reins.

— Quoi que tu aies cru percevoir, il ne se passera rien, l'avertit-elle.

Ses yeux glissèrent vers sa bouche, s'y attachèrent quelques secondes, puis revinrent happer les siens.

— Nous verrons.

Était-ce un défi qu'il lui lançait ? Son regard se posa avec soulagement sur Gianni. Avec leur fils présent dans la voiture, il n'oserait rien tenter, n'est-ce pas ? Rocco, visiblement, lisait en elle comme dans un livre ouvert, car un sourire joua sur ses lèvres. Le sourire arrogant du prédateur sûr de son pouvoir. Mia s'empourpra, tout en continuant à faire bonne figure.

Pendant plusieurs kilomètres, Rocco s'amusa avec son fils sans lui prêter attention. Chaque mouvement qu'il faisait sur son siège donnait lieu à de petits contacts physiques, en apparence innocents. Et chacun d'eux aiguillonnait un peu plus ses instincts charnels. Mais elle n'y céderait pas. Les mains sagement jointes sur ses genoux, elle garda les yeux fixés sur l'autoroute défilant derrière sa vitre.

— *Grazie*.

Mia tourna la tête, surprise.

— De quoi ?

— D'avoir donné à Gianni le prénom de mon grand-père. C'est un petit garçon exceptionnel. *Nonna* en sera fière.

Lui aussi l'était. Cela s'entendait dans sa voix. Elle rougit, hypnotisée malgré elle par les promesses qu'elle lisait dans ses prunelles, et qu'elle savait déjà qu'il ne tiendrait pas. Bon sang, n'avait-elle pas retenu la leçon ?

— Je sais combien il manque à ta grand-mère, même après toutes ces années, murmura-t-elle. C'était une façon de combler le vide.

Le grand-père de Rocco était décédé très jeune d'une

crise cardiaque foudroyante. Rocco n'avait alors que neuf mois. Sa grand-mère ne s'était jamais remariée et avait élevé seule son petit-fils, s'épuisant au travail pour subvenir à ses besoins.

Rocco plissa des yeux méfiants.

— Comment sais-tu cela ?

— Caterina m'en a parlé. Elle m'a confié qu'elle avait su au premier regard qu'il serait le seul homme de sa vie, raconta Mia.

En écoutant cette histoire, son cœur s'était mis à chanter. Elle croyait vivre la même chose avec le petit-fils de Giovanni Vitelli. Comme elle s'était trompée !

— J'ignorais que tu avais des discussions aussi intimes avec ma grand-mère, dit Rocco.

À en croire son froncement de sourcils, ce n'était pas pour lui plaire. Cette réaction blessa Mia. Pour le cacher, elle se hâta de changer de sujet.

— Il y a beaucoup de choses que tu ne t'es jamais donné la peine d'apprendre sur moi, Rocco. L'empressement avec lequel tu m'as accusée de vol en est le plus bel exemple.

Sa mâchoire se crispa, signe que le coup avait porté.

— Les preuves étaient accablantes, Mia. Mes concurrents ont mis la main sur les plans le jour de ton entrevue chez eux. Une source a confirmé que tu les avais en ta possession à ton arrivée.

— C'est faux !

Pour la millionième fois, Mia se creusa la cervelle afin de comprendre qui avait bien pu inventer un tel tissu de mensonges. Aucune réponse ne lui vint.

— Tout ce que j'avais en arrivant était mon ordinateur portable et mon portfolio, réaffirma-t-elle. Pour autant que je sache, hésiter devant une offre d'emploi n'est pas un crime.

— Mais tu t'es bien gardée de m'informer que tu cherchais ailleurs. Il a fallu que je te mette au pied du mur pour l'apprendre.

Mia soupira, rattrapée par ses regrets. Partir n'était pas sa volonté. Mais les rumeurs allaient bon train au bureau sur sa promotion aux côtés de Rocco. Pour préserver son intégrité, seuls deux choix se présentaient à elle : trouver un autre poste ou rompre avec Rocco. La seconde option, bien sûr, était hors de question. L'offre d'emploi des concurrents de Vitelli Construction était venue de nulle part et constituait une rétrogradation. Mais Mia ne l'avait pas rejetée d'emblée. Elle savait que cette démarche déplairait à Rocco plus encore qu'à elle, raison pour laquelle elle la lui avait cachée.

Elle poussa un soupir.

— Je comptais t'en parler…

— Vraiment ? Quand ? Le jour de ta démission ? ironisa Rocco.

— Quand j'aurais été sûre de vraiment vouloir le poste, se défendit-elle. Tout s'enchaînait si vite ! Nous venions de nous fiancer et le projet d'Abu Dhabi s'apprêtait à décoller…

— Alors tu as jugé bon de prêter main-forte à la concurrence ?

— Non ! Si tu tiens tant à le savoir, mon professionnalisme était remis en question. Tout le monde pensait que j'avais été nommée à mon poste parce que je couchais avec le patron. Peu importaient mes diplômes et mon travail. À leurs yeux, je n'avais qu'à battre des cils pour obtenir une promotion.

Ses joues s'embrasèrent de honte à cet aveu. Elle avait bien tenté d'ignorer les chuchotements. Les allusions plus ou moins voilées. Mais c'était devenu de plus en plus intenable. Incapable de soutenir le regard de Rocco, elle tenta de tourner la tête. Une main ferme lui saisit le menton.

— Qui a remis en cause ton professionnalisme ? demanda-t-il, la mine ombrageuse.

— Quelle importance ?

Le passé était le passé. À quoi cela l'avancerait-il de désigner Alessandro, son cousin, comme le principal instigateur de son harcèlement ? Alessandro se montrait toujours cordial en présence de Rocco, mais ne cachait pas son mépris dès qu'il avait le dos tourné. La seule fois où elle avait osé l'interroger à ce sujet, il s'était contenté de lui rire au nez en insinuant qu'elle voyait le mal partout.

Mia avait tenté d'oublier cet épisode déplaisant. Rocco se montrait très protecteur envers sa famille. Il n'aurait guère apprécié ses accusations alors, et ne les apprécierait pas davantage aujourd'hui.

— Tu étais si sûr de ma culpabilité quand tu as endossé les rôles de juge et de bourreau. Envisagerais-tu que tu aies pu avoir tort ?

Dans un sourire mielleux, elle ajouta :

— Je te laisse régler cela avec ta conscience.

La riposte ne se fit pas attendre. Les doigts sur son menton glissèrent derrière son cou et elle se sentit brusquement projetée en avant. Par réflexe défensif, elle brandit les deux mains, qui s'écrasèrent à plat contre un mur de muscles. Une inexplicable excitation inonda son être.

— Que… Que fais-tu ? bredouilla-t-elle comme il la hissait sur ses genoux.

— Quelque chose m'a plu chez toi, il y a trois ans, hormis ta langue bien pendue. Je me demande bien quoi.

Ses lèvres planaient juste au-dessus des siennes. Contre elles, ses mots crépitaient comme autant d'étincelles. Frémissante, elle sentit sa main libre se refermer sur ses fesses pour la plaquer un peu plus contre lui.

— Tu… On ne peut pas…

— Oh ! je t'assure que si.

Sa bouche combla l'ultime distance et captura la sienne, dans un baiser fougueux qui consuma toutes ses objections. Le salut vint sous la forme d'un bruyant reniflement comme Gianni remuait dans son sommeil. Rocco se raidit aussitôt. Avec un grognement, il recula la tête et pressa son front contre le sien.

— Maintenant, je comprends les parents qui accusent leurs enfants de tuer leur vie sexuelle…

— Pas de regrets. Toi et moi ne partageons rien de tel, rétorqua Mia. Une fois la situation réglée via tes avocats, nous n'aurons plus à nous revoir sauf en cas de stricte nécessité.

Elle avait parlé d'une voix ferme et égale tout en s'extirpant de ses genoux. Mais à l'intérieur, elle tremblait comme une feuille. Et pour cause : le regard dont l'enveloppa Rocco était dix fois plus dur que celui dont il l'avait gratifiée ce jour-là, dans son bureau, quand il avait détruit sa vie.

Tandis que la limousine filait en direction de Londres, son instinct lui soufflait qu'ils n'en avaient pas fini l'un avec l'autre, et qu'elle n'était pas près d'être libérée de Rocco Vitelli.

6.

Le cabinet des avocats de Rocco était situé exactement là où Mia s'y attendait : en plein cœur de la City, parmi ses immenses tours de verre et d'acier. De jeunes cadres tirés à quatre épingles les dépassaient d'un pas affairé tandis qu'ils se dirigeaient vers l'ascenseur. Quelques minutes plus tard, ils entraient dans une salle de conférences spacieuse au dernier étage. Gianni observait tout avec de grands yeux ronds. Lui d'ordinaire si prompt à poser mille questions restait étonnamment silencieux. Peut-être percevait-il la solennité de l'occasion. À moins que ce ne soit le fait d'être dans les bras de son géant de père, qu'il contemplait d'un air mi-impressionné, mi-admiratif.

Mia redoutait ce qui l'attendait. Rocco ne lui avait plus adressé la parole suite à leur baiser dans la voiture. Mais ses fréquents regards calculateurs dans sa direction n'auguraient rien de bon. Quelques heures, se répéta-t-elle pour se donner du courage. Dans quelques heures seulement, elle serait de retour dans le Hampshire avec son fils. Toute future interaction se ferait par le biais de ses avocats, dont elle pourrait s'offrir les services dès qu'elle aurait remonté la pente.

En parlant d'avocats… La porte s'ouvrit sur l'équipe attendue. Il n'était pas difficile de distinguer les Italiens de leurs homologues anglais. Les premiers affichaient une flamboyance toute latine dans leurs costumes milanais sur mesure. Les seconds apparaissaient plus conservateurs.

Mais leur intelligence et leur sérieux à tous ne faisaient aucun doute. Des qualités sine qua non lorsqu'on travaillait pour Rocco.

De brèves salutations furent échangées et chacun prit place autour de la table. Sans perdre une seconde, Rocco s'adressa à l'associé principal :

— Avez-vous des réponses à me donner ?

L'homme, d'un certain âge avec des cheveux grisonnants et des lunettes à monture invisible, acquiesça.

— Nos enquêteurs en sont encore à démêler les origines de cette débâcle, mais confirment vos premiers soupçons. Tous les documents sont frauduleux.

Un nœud se dénoua dans le ventre de Mia. Trois ans à vivre sous la menace de poursuites, tout cela pour apprendre qu'elle se faisait duper depuis le début ! À son soulagement se mêlait une certaine amertume. Rocco avait beau n'avoir rien à voir avec tout cela, son attitude n'en restait pas moins inexcusable. Il avait totalement coupé les ponts avec elle, sans daigner répondre au moindre de ses mails, et ce bien avant cet odieux procès.

— Comment ? intervint-elle à brûle-pourpoint. Comment cela a-t-il pu arriver à votre insu et celui de Rocco ?

Au fond, elle devinait déjà la réponse. Cela ne pouvait qu'être le fait de quelqu'un de confiance, armé des millions des Vitelli et animé d'une profonde inimitié.

L'avocat se tourna vers elle.

— Nous espérions recevoir de vous certains éclaircissements, mademoiselle Gallagher.

Mia fronça les sourcils.

— De moi ?

— Vous étiez présente à l'audience, *sì* ? renchérit l'un des Italiens avec un accent prononcé.

Et un scepticisme tout aussi palpable. Mia serra les dents.

— Êtes-vous en train d'insinuer que j'étais au courant du coup monté ?

— Le plaignant était représenté par un obscur petit cabinet composé d'un père et de son fils, reprit le premier avocat. Le père, qui s'est chargé de votre affaire, ne pratique plus en raison de graves problèmes de santé l'empêchant de témoigner aujourd'hui.

— Et le fils ? demanda-t-elle, prise d'une sueur froide.

— Il affirme n'être au courant de rien.

— Comme c'est pratique !

Les avocats échangèrent entre eux un regard indiquant qu'ils en pensaient autant. D'*elle*.

Mia tapa du poing sur la table.

— Que se passe-t-il, au juste ? Je suis venue ici pour blanchir mon nom. Vous avez vous-mêmes confirmé que les allégations contre moi étaient factices. Alors pourquoi ai-je le sentiment d'être toujours suspectée ?

Elle avait adressé cette dernière question à Rocco, qui l'observait avec attention. Il haussa les épaules.

— Nous cherchons tous des réponses, *cara*.

L'utilisation de ce terme affectueux lui déplut. C'était déplacé et hypocrite. Car aucun doute : c'était bien de la méfiance qu'elle lisait dans ses yeux.

— Eh bien, désolée, mais je n'en ai aucune, déclara-t-elle âprement. J'ai été convoquée au tribunal et j'y suis allée. Sur place, tout ce que j'ai réussi à comprendre était qu'on m'accusait de t'avoir harcelé et pris en filature.

Sa poitrine se serra à ce souvenir, mais pas question de se laisser affecter.

— Tu étais clairement cité comme le plaignant, ajouta-t-elle. C'est ta faute. À toi de trouver les réponses.

— Mais tu as des soupçons, je me trompe ? avança Rocco d'une voix doucereuse.

Son regard s'était fait pénétrant. Mia garda résolument le silence. Il continua à la sonder un long moment, avant de se tourner vers son équipe.

— Quelqu'un s'est fait passer pour moi dans une affaire

judiciaire à votre insu à tous, tonna-t-il. C'est à se demander pourquoi je vous paie.

Il y eut un silence gêné. Plusieurs avocats remuèrent sur leur siège ou triturèrent leurs documents sans oser croiser son regard. L'associé principal prit la parole :

— Sans faire de conjectures, monsieur Vitelli, nous sommes tous d'accord pour dire qu'il ne peut s'agir que de quelqu'un proche de vous, à même d'agir sans éveiller les soupçons.

Quelques regards se posèrent sur elle. Mia leva le menton, prête à en découdre. Mais Rocco la devança.

— Proche de moi ? répéta-t-il, les dents serrées.

L'avocat hocha la tête, l'air embarrassé.

— Nos enquêteurs ont contacté votre service informatique. Il semble qu'on ait infiltré votre serveur et que des mails aient été effacés. Nous pensons que votre assistant était le mieux placé pour commettre ces actions.

La mâchoire de Rocco se crispa.

— Mon assistant me suit depuis le début. Il a toute ma confiance. Ce n'est pas lui.

Gianpaolo avait pris son poste sitôt son diplôme en poche. Jamais il ne trahirait son patron, même Mia le savait. Cette confiance implicite qu'il avait en lui, Rocco ne l'avait pas eue pour elle. La blessure, découvrait-elle, n'était toujours pas refermée.

Un silence s'abattit sur la table, rompu par Gianni lorsqu'il se hissa sur sa chaise pour s'emparer du stylo de son père. Il s'était montré sage jusque-là. Mais pour combien de temps encore ?

— Avons-nous terminé ? s'enquit-elle. Je dois m'occuper de mon fils.

— Une dernière question, mademoiselle Gallagher, répondit l'associé principal. Navré si elle vous paraît indélicate, mais... Vous êtes-vous fait des ennemis lorsque vous travailliez chez Vitelli Construction ?

Mia faillit se tourner vers Rocco, son ennemi numéro un

depuis qu'elle s'était rendue à un entretien chez son concurrent, avant d'oser l'informer qu'elle n'était pas prête à fonder une famille sur commande. Mais elle se retint. Ce n'était pas le moment de jeter de l'huile sur le feu. D'autant qu'il n'était pas son seul détracteur. Alessandro Vitelli n'avait cessé de la prendre de haut depuis le premier jour. Pouvait-elle en parler, maintenant que le guet-apens était avéré ?

— Si tu connais le coupable, Mia, crache le morceau ! s'exclama Rocco avec impatience.

Mia hésita. Son instinct lui criait de se taire. Mais elle savait qu'elle ne connaîtrait pas de repos tant que ses soupçons n'auraient pas été vérifiés.

— La seule personne qui me vienne à l'esprit est ton cousin, Alessandro, admit-elle.

Le choc se peignit sur les traits de Rocco. Du coin de l'œil, elle surprit l'échange de regards entre les avocats italiens et leurs expressions consternées.

— Quoi ? Vous m'avez posé une question. Désolée si la réponse vous déplaît.

— Tu nommes la seule personne dans l'impossibilité de corroborer tes dires. Étrange, non ?

Ce n'était plus de la tension qui émanait de Rocco, mais une hostilité ouverte.

— De quoi parles-tu ? Pourquoi ne le pourrait-il pas ?

Rocco pinça les lèvres.

— Tu sais très bien de quoi je parle. Un mort ne risque pas de se défendre.

Un froid glacial envahit Mia. En partie parce qu'il était évident que Rocco ne la croyait pas. En partie à cause de ce qu'il lui annonçait.

— Alessandro est mort ? balbutia-t-elle.

— Son accident de voiture a fait la une internationale, précisa Rocco d'un ton signifiant qu'il était impensable qu'elle ne soit pas au courant.

— Je ne suis plus les informations. Mon fils accapare tout mon temps.

— La nouvelle a été relayée par tous les médias pendant des jours. Difficile de passer à côté.

— Puisque je te dis que je n'en savais rien ! s'énerva Mia. Dois-je comprendre qu'une fois de plus tu penses que j'affabule ?

Rocco se raidit.

— Quelle raison aurait-il eue d'agir ainsi ? dit-il.

— Qu'est-ce que j'en sais ? À toi de le découvrir !

Ses lèvres s'étirèrent en un sourire pincé.

— Nous avons donc un coupable qui n'est plus de ce monde et un avocat complice incapable de témoigner, résuma-t-il.

— La vie est pleine de rebondissements, n'est-ce pas ?

Il darda sur elle un regard perçant avant de s'adresser à ses avocats.

— L'enquête reste ouverte. On continue à creuser jusqu'à découvrir le fin mot de l'histoire, compris ?

Des hochements de tête ponctuèrent un assentiment collectif.

Rocco se pencha vers Gianni et lui murmura quelque chose à l'oreille, puis se leva. Tout sourires, le petit garçon l'imita, abandonnant le dessin auquel il était occupé. Père et fils quittèrent la salle, ne laissant d'autre choix à Mia que de les suivre. Dans l'ascenseur, le babillage de Gianni dispensa ses parents de s'adresser la parole. Mais l'expression de Rocco indiquait clairement que la discussion était loin d'être close. Dans la voiture, Mia était tellement à cran qu'elle ne prêta aucune attention à leur itinéraire.

Avec circonspection, elle se tourna vers lui.

— Quand est-il décédé ? murmura-t-elle.

Il poussa un soupir.

— Il y a environ dix-huit mois.

— Et sa famille ?

— Il était seul dans la voiture. C'est arrivé lors d'un de

ses déplacements au Brésil. Allegra et les enfants étaient à la maison, à Palerme.

Le cœur de Mia se serra.

— Toutes mes condoléances. Je sais combien vous étiez proches.

Une ombre de tristesse voila ses yeux bleus. Cela ne dura qu'une seconde. Déjà, son regard avait retrouvé toute sa dureté.

— Tu veux vraiment me faire croire qu'Alessandro est le coupable ? Quel aurait été son mobile ?

Il avait parlé d'un ton sec, suintant de méfiance. Mia haussa les épaules.

— Il ne m'appréciait pas, Rocco. Je ne dis pas cela simplement pour lui faire porter le chapeau faute d'autres suspects. Pour des raisons que j'ignore, Alessandro ne voulait pas de moi dans l'entreprise. Encore moins dans l'illustre famille Vitelli.

L'expression de Rocco s'assombrit.

— Nous étions ensemble, et tu n'as jamais songé à m'en parler ?

— Alessandro était ton cousin, répondit-elle. Je cherchais à te ménager. Ou peut-être espérais-je naïvement le faire changer d'avis en faisant mes preuves. Quelle importance ? Tu es incapable d'impartialité. Pourquoi devrais-je perdre mon temps à me justifier ?

— Parce que tu as cité son nom devant mes avocats. J'ose espérer que tu n'irais pas jusqu'à calomnier un mort ?

Mia contint à grand-peine sa frustration.

— L'enquête est en cours, non ? Attendons le résultat. À quoi bon spéculer ?

C'est alors qu'elle remarqua que la voiture restait dans le centre de Londres au lieu de s'en éloigner.

— Où allons-nous ? demanda-t-elle.

— Chez moi. J'ai une maison dans le quartier de Knightsbridge.

Mia ouvrit des yeux stupéfaits.

— J'ignorais que tu possédais une maison en Angleterre.

Un sourire fugace passa sur ses lèvres.

— C'était un cadeau de mariage pour toi.

Le cœur de Mia s'emballa.

— Pourquoi l'as-tu gardée ?

— Ce sont mes conseillers en immobilier qui s'occupent de gérer mon patrimoine, expliqua-t-il avec un haussement d'épaules. S'il avait été plus profitable de s'en séparer, ils l'auraient fait.

Cette remarque désinvolte avait pour but de la blesser, et elle y réussit. Mia se força à s'endurcir.

— Je préférerais rentrer dans le Hampshire, protesta-t-elle.

— Crois-tu vraiment que notre fils va supporter un autre long trajet en voiture ?

Elle lança un regard vers Gianni.

— Non, admit-elle à contrecœur. Je suis même surprise qu'il se soit si bien tenu jusque-là.

— *Bene*. J'ai demandé qu'un déjeuner nous soit servi. Il y a d'autres points dont nous devons discuter.

— Tels que ?

Il haussa un sourcil.

— As-tu oublié la question de ta carrière ?

— Ma carrière ? répéta-t-elle, incrédule. Si tu crois que je vais retravailler pour toi, tu te fourres le doigt dans l'œil.

Ses yeux brillèrent d'un éclat amusé.

— Attends d'entendre mon offre avant de la refuser.

Mia secoua la tête. La dernière fois qu'elle avait mélangé plaisir et travail avait viré au désastre. Elle ne commettrait pas deux fois la même erreur. L'idée même de collaborer avec Rocco lui était inconcevable.

— Ma vie professionnelle ne te concerne pas, décréta-t-elle. Tout ce que je veux, c'est être innocentée et reprendre le cours de ma vie.

— Reste à définir par quel moyen. Parlons-en autour d'un déjeuner.

Elle savait qu'elle était en train de se faire manipuler. Mais quel autre choix avait-elle ? Elle capitula.

— Très bien. Va pour le déjeuner. Mais Gianni et moi rentrons en fin d'après-midi.

Pas question d'endurer la présence de Rocco plus longtemps que nécessaire.

— Nous verrons, éluda-t-il avec l'un de ses sourires énigmatiques.

Le reste du trajet, il le passa l'oreille vissée à son téléphone. Son italien était trop rapide pour qu'elle saisisse ce qu'il disait. Tout ce qu'elle comprit était qu'il s'agissait d'appels professionnels.

Vingt minutes plus tard, la voiture s'arrêtait devant une somptueuse villa dans une avenue bordée d'arbres de Knightsbridge. Mia s'y connaissait peu en prix immobiliers, mais assez pour l'estimer à plusieurs millions de livres. Haute de deux étages, coiffée d'un toit en ardoise, elle semblait diffuser sur tout le quartier son élégance intemporelle.

Face à l'imposante porte en chêne, Mia hésita. Elle redoutait de découvrir ce que sa vie aurait été si le sort et Rocco ne s'étaient pas acharnés contre elle. Si elle n'avait pas accepté cette entrevue fatidique. Si quelqu'un, certainement Alessandro, n'avait pas orchestré sa cruelle descente aux enfers. Mais ce qui était fait était fait. Alors elle prit une grande inspiration et, sous le regard attentif de Rocco, poussa la porte de cette maison qui aurait pu être la sienne.

Sans surprise, l'intérieur était à couper le souffle. Le sol en marbre de l'entrée miroitait, reflétant le haut plafond et ses jolies moulures. Un splendide lustre ainsi que des spots stratégiquement placés éclairaient des objets d'art exposés ici et là. Dans le salon, le mobilier raffiné était disposé exactement comme elle l'aurait décidé si elle avait été la maîtresse des lieux. La place de choix revenait à un immense piano blanc trônant devant un mur de tableaux.

Mia se figea. Elle connaissait chaque toile par cœur. Combien de fois avait-elle loué ses peintres préférés lors de stimulantes conversations avec Rocco sur l'art et la culture en général ? N'avait-elle pas également évoqué son désir d'apprendre le piano un jour ?

Lorsqu'elle se retourna, Rocco l'observait d'un air moqueur. L'avait-il amenée ici exprès pour la narguer ? Elle s'abstint de lui poser la question. Ce serait tendre le bâton pour se faire battre.

— Tes impressions ? insista-t-il devant son silence.

Mia balaya des yeux le reste de l'espace. Rocco avait vraiment retenu chaque détail de ses descriptions de la maison de ses rêves pour les transformer en réalité. Elle se rappela avec sévérité qu'elle n'était pas venue admirer la décoration. Elle était là pour reprendre le contrôle de sa vie, gâchée par cet homme qui la contemplait, appuyé nonchalamment contre le chambranle, comme si chaque cellule de son corps lui appartenait.

— Tu voulais discuter, je crois ? lança-t-elle d'un ton dégagé.

— Quelle impatience, railla-t-il avec un sourire en coin. Tu ne m'as même pas dit ce que tu pensais de la maison.

Elle affecta son air le plus blasé.

— Je suis sûre qu'elle plaira beaucoup à son futur propriétaire quand tu t'en seras lassé.

Son expression narquoise s'évanouit. Mia se félicita de cette petite victoire, malgré sa nervosité.

— À vrai dire, je songeais à la garder, la détrompa-t-il. Pour Gianni. Après tout, il a aussi des racines anglaises.

— Est-ce pour cela que tu m'as fait venir ? Pour parler immobilier ?

— Tu as raison. Nous avons mieux à faire.

Il s'approcha d'une console, décrocha le téléphone et donna

un ordre. Dans la minute, un bruit de pas se fit entendre. La femme d'âge mûr qui entra semblait avenante malgré sa tenue plutôt sévère. Elle salua Rocco avant de lancer un regard vers Mia.

— Voici Mme Simpson, ma gouvernante, la présenta Rocco. Elle s'est occupée de préparer le déjeuner de Gianni.

La gouvernante sourit à Mia.

— J'ai trois petits-enfants, dit-elle. Je connais bien les plats préférés d'un garçon de deux ans et demi. Tout est prêt dans la cuisine. Si vous voulez bien qu'il m'accompagne…

Répondre par la négative eût été impoli, aussi Mia se résigna-t-elle.

— Merci. Si vous avez besoin de moi, je serai…

Elle tourna vers Rocco un visage interrogateur.

— Dans la salle à manger, répondit-il. Mais je suis sûr que Gianni sera sage avec Mme Simpson, n'est-ce pas, *mi figlio* ?

Le petit garçon fit oui de la tête, et un regard complice passa entre le père et le fils. Mia s'était inquiétée de la réaction de Gianni face à l'irruption de cette figure masculine dans sa vie. Mais il l'avait accueillie à bras ouverts. Une part d'elle en prenait ombrage – juste un peu. Elle la bâillonna tandis que Gianni et Mme Simpson s'éloignaient main dans la main.

— Il sera dans la cuisine, Mia. Pas à l'autre bout du monde, plaisanta Rocco.

Mia le fusilla du regard.

— Je n'ai pas l'habitude que quelqu'un d'autre s'occupe de lui, d'accord ? le rabroua-t-elle.

— Je m'en suis aperçu. Je crois me souvenir que tu n'aimais pas évoquer ta famille. Te cacher dans un petit village perdu était-il un choix ?

— Ma grand-mère vivait là-bas. Elle est décédée peu après la naissance de Gianni. Cela répond-il à ta question ?

Une ombre voila ses yeux bleus.

— Étiez-vous proches ?

— Assez pour regretter de ne pas avoir passé plus de temps avec elle, admit-elle, le cœur empli de tristesse.

Cet aveu spontané la surprit elle-même. Le regard de Rocco s'adoucit, bien que toujours aussi perçant.

— *Le mie condogliance*, murmura-t-il.

« Mes condoléances. »

— Merci.

— Mais les choses vont changer, maintenant. Tu le sais, n'est-ce pas ?

Oui, au fond, elle le savait. Ce qu'elle ignorait, c'était si elle devait s'en réjouir ou s'en inquiéter.

Rocco s'approcha et lui caressa la joue avec douceur.

— Pour commencer, tu n'es plus seule.

Ses mots s'insinuèrent en elle, dans chaque fissure de son armure. Ils la réchauffaient et la terrifiaient à la fois. Elle scruta son visage en quête de réponses. Mais son expression demeurait hermétique.

— Viens, dit-il en lui tendant la main.

La tentation était irrésistible. C'est pourquoi elle s'interdit d'y céder. Les multiples facettes de Rocco la déstabilisaient. À quel moment le redoutable stratège s'était-il métamorphosé en cet homme attentif et prévenant ? Mais comme elle ignorait où se trouvait la salle à manger, elle dut attendre qu'il la guide.

— Par ici, dit-il en l'entraînant dans un couloir jusqu'à une autre pièce splendidement décorée.

La longue table ancienne avait dû appartenir à un prince ou un riche aristocrate par le passé, soupçonnait Mia. À l'une des extrémités, le couvert avait été mis pour deux. Verres de cristal et argenterie brillaient de mille feux. Rocco tira sa chaise et attendit qu'elle soit assise avant de s'installer à son tour. En silence, il souleva les cloches des plats et la servit lui-même, puis il indiqua la bouteille dans le seau à glace.

— Puis-je te proposer du vin ? À moins que…

Il glissa un regard étonnamment pudique vers ses seins.

— Tu n'allaites plus, n'est-ce pas ?

Mia manqua s'étrangler, incapable de réprimer un éclat de rire.

— Gianni a deux ans et demi, Rocco.

Ses yeux s'attardèrent encore un instant sur sa poitrine, assez longtemps pour faire monter sa température interne de plusieurs degrés.

— J'apprends, dit-il avec une esquisse de sourire. Est-ce oui pour le vin ?

De fait, Mia n'était pas contre un remontant pour se donner confiance. Un seul verre n'avait jamais fait de mal à personne, n'est-ce pas ?

— Un fond, merci.

Il emplit son verre à moitié, puis se servit à son tour. Le saumon poché était absolument divin. Mais ce tête-à-tête rendait Mia si nerveuse qu'elle ne parvenait pas à apprécier le repas. Elle leva les yeux et s'aperçut que Rocco ne semblait pas davantage s'intéresser à son assiette. D'un commun et tacite accord, ils posèrent leurs couverts. Comme le silence se prolongeait, Mia prit les devants :

— Il faut qu'on discute de l'avenir, Rocco.

— En effet.

— Et donc ? l'encouragea-t-elle.

— Tu ne rentres pas dans le Hampshire, décréta-t-il.

— Peut-être pas dans la minute, mais…

Elle s'interrompit en le voyant secouer la tête.

— Non, Mia. Pour obtenir ce que tu veux, tu dois me donner ce que *moi* je veux. Dans aucun des deux scénarios, tu ne retournes vivre au milieu de nulle part.

Son regard prit un éclat d'acier lorsqu'il ajouta :

— Nous ne pourrons pas aller de l'avant tant que nous ne nous serons pas mis d'accord sur ce point.

7.

Lorsqu'elle rêvait encore d'être exonérée des charges pesant contre elle, Mia imaginait Rocco tombant à genoux et implorant son pardon dans une scène digne d'un film. Au fil du temps, la dureté du quotidien avait donné à ce scénario un tour beaucoup plus réaliste. Rocco lui présentait de vagues excuses pour la façon dont elle avait été traitée et lui offrait une compensation suffisamment gratifiante pour acheter son silence. Puis il disparaissait de nouveau de sa vie comme si toute cette histoire n'était qu'un regrettable incident. À aucun moment elle n'avait envisagé un banal déjeuner comme prélude à une négociation.

— Tu ne crois pas que tu m'as déjà assez fait souffrir comme cela ? s'exclama-t-elle, atterrée. Il te faut plus encore ?

L'espace d'une seconde, une intense émotion altéra les traits de Rocco.

— Ce qu'on t'a fait subir est déplorable. Sache que je le regrette profondément. *Mi dispiace.*

Il était désolé. Ce n'était pas la demande de pardon théâtrale dont elle avait rêvé. Mais une part d'elle s'adoucit.

— Sois assurée que tu recevras d'amples réparations, continua-t-il. Ton prix sera le mien.

Mia se rembrunit aussitôt.

— Alors tout cela n'est qu'une vulgaire transaction pour toi ?

— Tu oublies que moi aussi j'ai souffert dans cette histoire ! répliqua-t-il avec véhémence.

Cette réaction émotive troubla Mia, avant qu'elle saisisse ce qu'il voulait dire. Il parlait de Gianni, bien sûr. Pas de leur rupture. *Quelle idiote*.

— Si tu veux bien m'écouter, poursuivit-il, peut-être ma solution atténuera-t-elle ton sentiment d'injustice ?

— Rien ne peut l'atténuer, Rocco. Tout ce que je veux, c'est tourner la page et tout oublier. Y compris toi.

Il se pencha vers elle, les yeux rivés aux siens.

— Cela ne va jamais être aussi simple, Mia. Tu le sais bien, n'est-ce pas ?

— Tu persistes à insinuer que je te suis redevable. Mettons les choses au clair. Je ne te dois rien du tout.

Il se laissa aller contre le dossier de sa chaise, mais Mia n'était pas dupe. La tension émanant de lui trahissait sa détermination à la soumettre et parvenir à ses fins, quelles qu'elles soient.

— Et Gianni ? lança-t-il. Il y a trois ans, tu m'as annoncé que tu ne voulais pas d'enfants. Excuse-moi si je trouve cette dévotion maternelle toute neuve quelque peu… étonnante.

Mia pâlit d'indignation.

— Tu penses que je joue la comédie ? s'exclama-t-elle.

— Est-ce le cas ?

— Comment oses-tu !

Elle se leva d'un bond et marcha droit vers la porte avec une seule idée en tête : récupérer son fils et fiche le camp de cette maison.

— Qu'est-ce que tu fais ? demanda Rocco d'une voix grave.

— À ton avis ? Je ne resterai pas une minute de plus ici !

— Calme-toi, Mia. Tu veux vraiment que Gianni te voie dans cet état ?

Elle fit volte-face, ivre de rage.

— Alors maintenant, tu m'accuses d'être irresponsable envers mon fils ?

Rocco se leva à son tour et ouvrit les bras en un geste apaisant.

— Ne me fais pas dire ce que je n'ai pas dit, *cara*. Pour autant que j'aie pu en juger, tu es une mère dévouée.

— Mais… ?

Son approbation avait beau la rassurer, elle ne lui faisait pas confiance.

— Mais ces petites crises ne servent à rien, continua-t-il. Comme je l'ai dit, tu n'es plus seule pour t'occuper de Gianni, désormais. Soit nous en discutons maintenant, soit mes avocats t'auront contactée avant même que tu sois rentrée dans ton précieux village. Que choisis-tu ?

Mia secoua la tête. Rocco ne reculait devant aucune extrémité quand il avait un but en tête. Comment avait-elle pu l'oublier ?

— Tu n'as pas changé, n'est-ce pas ? lança-t-elle avec dédain.

— Je me découvre un fils dont j'ignorais l'existence. À quoi t'attendais-tu, Mia ? À ce que je te laisse dicter tes termes et rentre à Palerme sans broncher ?

La question était rhétorique. Elle s'abstint donc d'y répondre. Le piège se refermait sur elle, l'entraînant vers une destination qu'elle redoutait de plus en plus. Elle leva le menton et le regarda droit dans les yeux.

— Tu as dix minutes. Mais sache que je refuse qu'on me force à quoi que ce soit, dit-elle d'une voix ne trahissant rien de son tumulte intérieur. Que veux-tu de moi exactement ?

Rocco promena lentement sur elle son regard de braise.

— Oh ! j'ai bien quelques idées…

Mia sentit son corps s'enfiévrer malgré elle.

— Mais dans l'immédiat, je veux faire partie de la vie de mon fils, énonça-t-il. C'est mon vœu le plus cher. Et je devine que le meilleur moyen de le réaliser est d'exaucer le tien.

Son vœu le plus cher ? S'arracher à son orbite. Stopper

ces décharges électriques dans sa chair chaque fois que leurs regards se croisaient. Mais ce n'était sûrement pas ce à quoi il pensait.

— C'est-à-dire ? le pressa-t-elle.

— Reprendre ta carrière là où elle s'est arrêtée. Je me trompe ?

Touchée. Elle vivait mal d'être sur la touche et rêvait de retrouver ce qu'elle avait perdu. Mais la lueur triomphante dans ses yeux la braqua.

— Ma carrière, je la reconstruirai par moi-même, merci. Je ne veux rien qui vienne de toi, déclina-t-elle sèchement. Mon fils n'est pas une monnaie d'échange que tu peux manipuler à ta guise.

— L'orgueil est un vilain défaut, Mia. Est-ce vraiment judicieux de refuser mon aide ?

— Ton aide ? Ton chantage, oui ! Non merci, répéta-t-elle malgré un doute croissant.

Était-il sage de risquer si effrontément ses foudres ? Cela faisait trois ans qu'elle n'avait plus travaillé. Était-elle vraiment prête à repartir de zéro quand quelques mots de Rocco suffiraient à la remettre en selle pour subvenir aux besoins de Gianni ? N'était-ce pas le moins qu'il lui devait ?

Comme s'il lisait dans ses pensées, il s'avança vers elle. Si près, il était encore plus difficile d'échapper à son puissant magnétisme.

— Est-ce ton dernier mot, *cara* ? Tu étais plus pragmatique, avant. J'admirais cette qualité chez toi. À moins que tu cherches simplement à prolonger cette petite joute verbale entre nous ?

Mia brûlait de riposter avec une repartie mordante. Mais la prudence l'en dissuada. Rocco reprit son argumentaire d'une voix dangereusement séductrice.

— Laisse-moi t'exposer la situation. As-tu suivi les nouveaux développements de Vitelli Construction, ces dernières années ?

C'était le cas. Elle n'avait pas pu s'en empêcher. Mais elle ne lui donnerait pas la satisfaction de l'admettre tout haut. Devant son silence, il poursuivit :

— Notre implantation au Moyen-Orient s'étend maintenant à huit pays. Les effectifs ont été multipliés par cinq depuis que tu es partie. Alessandro avait également développé avec succès notre branche en Amérique latine. Dans quelque temps, si tu le souhaites, tu pourras choisir toi-même où t'établir.

Le cœur de Mia s'emballa. Elle s'en voulut aussitôt d'être tentée. Par son offre. Par le souvenir d'elle et Rocco travaillant côte à côte. Témoin privilégié de son génie en action, elle s'était sentie tirée vers le haut par leur collaboration, excitée par la brillante carrière qui se profilait devant elle. Avec effort, elle se concentra sur sa formulation. Un détail l'interpellait.

— Dans quelque temps ? Que veux-tu dire au juste ?

Sans un mot, Rocco alla fermer la porte de la salle à manger. Un frisson glacé lui remonta l'échine. Elle carra les épaules, prise d'un mauvais pressentiment.

— Je suppose que tu souhaites vivre là où est ton fils, n'est-ce pas ? demanda-t-il.

— Évidemment. Quelle question.

Il hocha la tête d'un air satisfait, comme si elle lui avait donné la réponse qu'il attendait.

— Bien. Nous sommes d'accord.

Mia sentait sa patience s'amenuiser.

— D'accord sur quoi ? dit-elle, agacée.

— Là où je vis, vous vivrez aussi, toi et notre fils. C'est-à-dire à Palerme. Pour au moins six mois, voire un an, le temps que *nonna* se rétablisse complètement.

Mia manqua s'étouffer devant un tel propos.

— Tu veux que je revienne vivre avec toi en Italie ? Pourquoi diable ferais-je une chose pareille ?

Il l'avait jetée à la porte ! Pendant des semaines, elle était restée à Palerme, où chaque rue lui rappelait Rocco et ce qu'elle avait perdu.

Rocco la considéra sans ciller.

— Quelle autre solution proposes-tu ? Que je m'envole toutes les semaines pour l'Angleterre et ton petit hameau perdu ? Que *nonna* s'installe dans un hôtel anonyme du village ?

— Là où toi et ta grand-mère décidez de vivre ne me concerne pas, rétorqua-t-elle. Que ce soit bien clair : je ne vais nulle part avec toi.

— Alors comment allons-nous élever notre fils ensemble ? s'enquit-il d'une voix doucereuse.

Élever notre fils ensemble. Ces quatre mots instillèrent en elle une profonde émotion. C'était ce qu'elle désirait quand elle avait cherché par tous les moyens à lui annoncer sa grossesse, trois ans plus tôt. Une chance pour eux d'élever leur enfant à deux et réécrire leur propre histoire. De donner à Gianni ce que sa mère avait refusé à Mia : grandir avec son père. Son fils ne serait pas, comme elle, tourmenté par mille questions sur l'homme dont le nom figurait sur son acte de naissance, mais qu'elle n'avait jamais connu. Sa mère en avait fait un sujet tabou. Les rares fois où elle l'évoquait, c'était pour le qualifier d'erreur. Ce que, par extension, elle était devenue aussi à ses yeux.

Rocco dut percevoir l'effet de ses mots sur elle car il s'approcha plus près.

— Parle-moi de ton père, Mia.

Elle se raidit instinctivement.

— Pourquoi ?

— Parce que nous nous sommes fiancés autrefois sans connaître grand-chose l'un de l'autre. Sans doute pensions-nous avoir tout le temps devant nous…

— Et si nous avions simplement évité le sujet par peur de ce que nous risquions d'exhumer ? le défia-t-elle.

Ce fut au tour de Rocco de se crisper.

— Peut-être. Raison de plus pour enfin affronter la réalité en face.

Une réponse astucieuse qui renvoyait la balle dans son camp. Mia serra les dents.

— Je ne sais rien de mon père car je ne l'ai jamais rencontré, admit-elle. Ma mère a toujours refusé de m'en parler. Tout ce que je sais est qu'elle aurait préféré ne jamais l'avoir connu.

Elle savait qu'elle venait d'offrir à Rocco un argument imparable sur un plateau d'argent. Mais à sa surprise, son regard s'adoucit.

— Peut-être essayait-elle de te protéger, avança-t-il. Qui sait s'il ne valait pas mieux que tu ne saches rien ?

Mia en doutait. Il lui suffisait de se remémorer la rancœur de sa mère chaque fois qu'elle l'interrogeait sur son père.

— Aurais-tu laissé tomber si tu avais été à ma place ? demanda-t-elle.

Rocco esquissa un sourire mélancolique.

— *Assolutamente no.* Quitte à apprendre que mes parents étaient loin d'être respectables…

Cette réponse déstabilisa Mia. C'était la première fois qu'il laissait entrevoir ainsi ses émotions. Ils se dévisagèrent un long moment, intensément. Mia perçut son effort pour les refouler lorsqu'il reprit la parole :

— Malgré des forces adverses, le destin nous a réunis, mon fils et moi. Je ne gâcherai pas cette chance.

Encore chamboulée par ses révélations à demi-mot, Mia mit quelques secondes à reprendre ses esprits.

— Je ne vais pas arracher Gianni à son environnement familier pour le catapulter dans un pays et une famille qu'il ne connaît pas, protesta-t-elle.

— Et moi, je refuse d'être relégué à un rôle de père à mi-temps. Gianni est mon fils. J'exige de faire désormais partie de sa vie.

— Donc ce que je veux et le bien de Gianni ne comptent pas ?

À en croire l'éclat dans ses yeux bleus, il avait anticipé cette objection.

— Tu ne penses pas que le mieux pour Gianni serait de grandir auprès de ses deux parents ?

— Si, bien sûr, marmonna-t-elle.

— Et n'aimes-tu pas profondément l'Italie ? Presque autant que moi ?

C'était vrai autrefois. Elle s'était installée là-bas pour lui et songeait sans regret à prendre la nationalité italienne après leur mariage. Elle aimait tout de l'Italie et se réjouissait d'y construire son avenir. Quelle idiote… Et il lui imposait de retourner vivre dans ce pays où il avait détruit sa vie ? Hors de question !

— Cela, c'était avant, assena-t-elle. J'ai fait ma vie en Angleterre avec Gianni. Je compte bien y rester.

— Dis-moi une chose, Mia. Pourquoi t'es-tu donné tant de mal pour me contacter, il y a trois ans, si ce n'est pour que je sois présent dans la vie de notre enfant ? Pour lui éviter d'être privé de père comme tu l'as été ?

L'estomac de Mia se noua. C'était la vérité. Elle avait grandi dans la solitude, marquée par un douloureux sentiment d'abandon. En apprenant sa grossesse, elle avait tout fait pour que son enfant ne porte pas le même fardeau. Son espoir était que Rocco, confronté à sa paternité imminente, revienne sur sa décision et lui offre une seconde chance. Mais cela, c'était avant de découvrir jusqu'où allait sa cruauté. Qui sait si tout cela n'était pas un autre de ses stratagèmes pour l'attirer dans sa toile ? Et pourtant…

L'émotion dans ses yeux était bien réelle. Se pouvait-il qu'il soit sincère, cette fois ?

— Eh bien ? la pressa-t-il.

— J'estime que tout enfant a le droit de connaître ses

parents, répondit-elle. Qui qu'ils soient. De là à me demander de reprendre exactement là où nous en sommes restés…

Sa phrase resta en suspens comme le regard de Rocco errait sensuellement sur son corps.

— Peut-être pas exactement. Mais je ne vois pas pourquoi certaines choses ne pourraient pas redevenir comme avant…

— Épargne-moi ce genre d'insinuations, le rabroua-t-elle.

Du moins essaya-t-elle, car sa voix était tremblante et mal assurée. Ses lèvres frémissaient encore après leur baiser dans la voiture, lui rappelant l'amant accompli qu'il était, sa passion insatiable et son propre empressement à s'y perdre. Un brasier s'alluma dans son bas-ventre. Rocco sourit, de ce sourire entendu raillant ses efforts pour garder son sang-froid.

— Tu n'as qu'un mot à dire pour reprendre ta place, murmura-t-il d'une voix de velours.

Sûrement la voix du diable lorsqu'il avait tendu à Ève la pomme fatidique. Le cœur de Mia cognait à tout rompre. Rocco la fixait d'un œil goguenard, conscient qu'elle était tentée. Ô combien tentée ! Reprendre sa place… Mais laquelle ? Il n'attendait qu'une chose, qu'elle s'abaisse à le lui demander.

— Réfléchis, Mia. La vie serait tellement plus simple si tout redevenait comme avant. Recommencer de zéro risque d'être difficile. Est-ce vraiment ce que tu veux ?

— C'est donc bien du chantage, répliqua-t-elle. Ma réputation a été injustement ternie. Mais tu ne feras rien pour la restaurer si je ne viens pas vivre à Palerme, c'est cela ?

Sa mâchoire se crispa.

— Tu étais le meilleur atout de Vitelli Construction avant ta trahison. Si tes compétences ne sont pas rouillées, une experte de ton calibre sera la bienvenue.

— Je n'ai trahi personne, démentit-elle sèchement.

Rocco ignora son intervention.

— Je n'ai nul besoin de te menacer. Sous certaines conditions, tu peux récupérer ton poste dès maintenant, affirma-t-il.

— Quelles conditions ?

— Il va sans dire que toi et moi travaillerons en étroite collaboration. Je tiens à garder un œil sur toi. Tu ne seras jamais seule.

— Et pourquoi pas me faire porter un bracelet électronique, tant que tu y es ?

Un sourire amusé incurva les lèvres de Rocco.

— Intéressante suggestion. Cela ne me déplairait pas, mais l'image de Vitelli Construction en pâtirait.

— Tu trouves cela drôle ?

Son sourire s'évanouit.

— J'essaie de réparer les torts qui t'ont été causés en te rendant ce que tu as perdu. Cesse de te plaindre si tu ne veux pas que je retire mon offre.

Mia leva le menton, outrée.

— T'es-tu seulement demandé si c'était ce que tu voulais aussi ? riposta-t-elle. Tu ne connais Gianni que depuis vingt-quatre heures. Comment peux-tu être sûr que tu ne te seras pas lassé d'ici un mois ?

Une brusque fureur déforma ses traits. À l'évidence, elle était allée trop loin.

— Parce qu'il n'est pas un accessoire qu'on jette passé l'excitation de la nouveauté, rétorqua-t-il. Je veux mon fils, Mia. Je veux être là pour lui à plein temps. Je veux qu'il vive avec sa famille en Italie, là où est sa place. Que *nonna* ne mette plus sa santé en danger à force de s'inquiéter à son sujet. Tout cela effectif immédiatement, pour aussi longtemps que je le déciderai.

Mia tenta de désamorcer la situation par l'humour.

— Tu es vraiment sûr, pour le bracelet électronique ? Tes conditions ressemblent fort à une peine de prison à perpétuité…

Sa tentative échoua lamentablement. Rocco demeura implacable.

— Je t'offre tout ce que tu désirais quand nous étions ensemble. Tout ce que je te demande est de vivre sous mon toit.

— Pardon ?

Il s'approcha encore, jusqu'à envahir son espace personnel. Ses sens frémirent, preuve du danger que représentait pour elle leur proximité physique.

— Quoi d'étonnant à cela, *cara*, puisque tu auras également pris mon nom ? Tu comprends, n'est-ce pas ?

Son regard d'acier se planta dans le sien.

— Épouse-moi, Mia, ou l'accord tombe à l'eau.

8.

Rocco ne savait s'il devait se sentir insulté par l'expression horrifiée de Mia ou s'en amuser.

— Tu veux que je t'épouse ?

— *Sì.*

Elle blêmit, semblant chanceler sous le poids de sa proposition. L'espace d'une seconde, Rocco se surprit à chercher une autre émotion derrière sa pâleur crispée. Un vestige, peut-être, du ravissement qui avait accompagné son « oui » extatique, la première fois qu'il l'avait demandée en mariage. Tout plutôt que ce masque de profond désarroi.

— Hors de question, lâcha-t-elle.

— Pour quelle raison ? Mon offre est en tout point la même qu'autrefois.

— À la différence qu'à l'époque, je ne te connaissais pas vraiment. Dieu merci, j'ai découvert ton vrai visage avant de commettre l'erreur que tu voudrais que je fasse aujourd'hui.

Un poids s'abattit sur la poitrine de Rocco.

— Tu penses que m'épouser aurait été une erreur ?

— Alors que tu n'hésites pas à me prêter les pires intentions ? Bien sûr !

Il inspira profondément dans un effort pour se calmer. Pourquoi ses émotions échappaient-elles à son contrôle chaque fois qu'il se frottait à cette femme ?

— Dissipons le malentendu. Il ne s'agit pas d'une déclaration d'amour, mais d'une transaction, dit-il. Gianni vient vivre auprès de moi et du reste de sa famille. En contrepartie, tu récupères ton poste au sein de mon entreprise.

— Et si je refuse ?

— Quel est le mal à vouloir ce qu'il y a de mieux pour notre fils ? Crois-tu vraiment que Gianni sera en danger avec moi ?

— Je…

— Fie-toi à ton instinct, Mia.

Elle baissa la tête. Rocco se retint à grand-peine de lui relever le menton pour décrypter son expression.

— Non, murmura-t-elle après ce qui lui parut une éternité.

Il poussa un soupir de soulagement.

— Dans ce cas, où est le problème ? dit-il calmement.

Alors même que chaque fibre de son être lui suggérait un tout autre plan d'action. Il brûlait de la jeter sur son épaule et l'emporter dans les tréfonds de son antre tel un homme des cavernes. L'impulsion n'était pas pour lui plaire. Mais n'était-ce pas ce que Mia lui faisait ressentir depuis le tout premier regard ? Une possessivité quasi primitive. Un besoin d'exclusivité qui ne s'était jamais manifesté dans ses autres liaisons.

— Mia ?

La jeune femme tressaillit. Elle aussi semblait s'être perdue dans ses pensées. Ou certains souvenirs charnels, à en croire ses prunelles assombries et ses joues en feu. Satisfait, il en profita pour battre le fer tant qu'il était chaud.

— Il n'y a pas à réfléchir, Mia. Toi, moi et Gianni, ensemble. Tout le monde y gagne, et tu fais le bonheur d'une vieille dame à laquelle tu te dis profondément attachée.

— Je le suis ! Tu sollicites ma compassion tout en doutant de ma sincérité ? s'écria Mia avec indignation.

— Alors pourquoi lui briser le cœur en la privant du temps qu'il lui reste avec son arrière-petit-fils ?

Sa brusque pâleur lui donna mauvaise conscience.

— Le temps qu'il lui reste ? Est-elle malade ? s'enquit-elle, la mine inquiète.

— Je te l'ai dit, elle a fait un malaise en voyant le panneau d'affichage. Elle n'allait déjà pas très bien avant. Les médecins pensent que c'est le cœur.

Elle se mordit la lèvre. Un geste qui donna envie à Rocco de croquer dans cette bouche appétissante… Et plus encore.

— C'est du chantage affectif, déclara-t-elle.

— Non, c'est la vérité. Je me fais du souci pour sa santé.

Ses yeux verts glissèrent vers la porte.

— J'ai besoin d'y réfléchir.

— Réfléchir à quoi ? Dès lundi matin, tu pourrais être de retour à ton bureau de Milan. N'as-tu pas envie de relancer ta carrière ?

Il prononça ce dernier mot avec mépris. C'était tout ce qui avait compté pour elle quand elle était avec lui. Il se délectait de le lui rappeler.

Mia pinça les lèvres.

— Tu crois que rien d'autre ne m'importe, pas vrai ? Eh bien, tu te trompes. Gianni passe avant tout. Nous n'avons jamais été séparés et…

— Ma grand-mère et le reste de ma famille le garderont quand tu seras au travail, intervint Rocco. Depuis le décès d'Alessandro, Allegra et ses enfants se sont installés à la villa. Gianni ne manquera de rien.

Le visage de Mia s'altéra.

— Allegra vit chez toi ?

— Est-ce un problème ? s'enquit-il d'un ton neutre.

— Non… D'ailleurs, tu es chez toi.

— Ce sera aussi chez toi quand tu auras accepté ma proposition.

Elle déglutit, le regard fuyant. Toutes les femmes de son cercle social rêvaient de mettre le grappin sur un homme de son statut. Pourquoi s'obstinait-elle à le rejeter ?

— Se marier est-il vraiment nécessaire ? demanda-t-elle.

Ton nom figurera sur l'acte de naissance de Gianni. N'est-ce pas suffisant ?

N'y tenant plus, il combla la distance entre eux et glissa une main autour de sa nuque. Un frisson agita la jeune femme, pour son plus grand plaisir.

— Non, Mia, ce n'est pas suffisant. Ni pour toi ni pour moi. Mes parents m'ont abandonné quand j'étais enfant. Sans *nonna*, qui sait où j'aurais fini ? Elle a renoncé à une meilleure vie pour moi. Je ne la priverai pas de son arrière-petit-fils. Quant à moi, je sais exactement ce que je veux.

Cet épanchement personnel le stupéfia lui-même. Peut-être essayait-il d'atteindre quelqu'un qui n'existait pas. La femme qui, croyait-il, partageait ses valeurs lorsqu'il avait glissé une bague de fiançailles à son doigt. Mais les mots étaient dits. Impossible de les effacer. Mia le dévisageait, les yeux agrandis par le choc. Ils restèrent ainsi dans leur bulle, sans parler ni respirer. Le seul mouvement était celui de son pouce caressant doucement sa lèvre inférieure.

Le désir enflait entre eux, inévitable, un raz-de-marée impérieux qui menaçait de les engloutir. Un gémissement rompit le silence. Enfin, Mia rendait les armes. Ses lèvres s'entrouvrirent et son souffle tiède balaya son pouce. Une nouvelle vague brûlante déferla en lui, plus puissante que toutes les autres. Se laissant emporter, Rocco se pencha en avant.

Mais alors que ses lèvres frôlaient la douce tentation des siennes, il les sentit se dérober brusquement, tout comme le corps souple et chaud entre ses bras.

— Je… Je te l'ai dit. J'ai besoin de réfléchir. Je vais voir Gianni.

Sans attendre sa réponse, elle fila vers la porte. Rocco resta là, seul avec ce désir qui palpitait dans son aine, et la désagréable impression qu'il était en train de retomber dans ses rets.

Pour la seconde fois de sa vie, Rocco Vitelli l'avait demandée en mariage. Mais Mia n'était plus l'ingénue d'autrefois. Celle qui voyait dans un dîner aux chandelles et quelques mots prononcés un genou à terre avec un bel accent latin le début d'un merveilleux conte de fées. Peut-être était-ce une bonne chose qu'il lui ait exposé ses intentions. Bien sûr, elles tournaient entièrement autour de lui et de sa grand-mère, sans se soucier d'elle le moins du monde. Non qu'elle comptât sur lui pour combler ses besoins. Surtout pas celui qui vibrait avec insistance au creux de sa chair…

Elle chassa cette pensée et sourit à Gianni. Le petit garçon ne lui accordait guère d'attention, accaparé par les jouets que lui avait prêtés la gouvernante. Apparemment, ses petits-enfants les avaient oubliés lors de leur dernière visite. Mia en profita pour réfléchir à sa situation.

Épouser Rocco. Pour le bien de Gianni.

N'était-ce pas ce qu'elle avait voulu, trois ans plus tôt, malgré ses craintes qu'ils ne surmontent jamais leurs différends ? C'était si important pour elle que Gianni ne connaisse pas la même enfance qu'elle. Alors d'où venait ce vide dans sa poitrine, comme si quelque chose manquait ? Rocco lui offrait non seulement d'être un père pour leur fils, mais aussi de lui rendre sa carrière. Une chance pour elle de concilier travail et famille, ce à quoi sa mère avait échoué. Cette dernière l'avait toujours rendue responsable de l'avoir stoppée net dans son épanouissement professionnel. C'était pour cette raison que Mia avait freiné des quatre fers à l'idée de fonder une famille avec Rocco, malgré de subtiles pressions. Le sort et une nuit particulièrement torride où le préservatif avait sans doute été oublié s'étaient chargés de régler la question une bonne fois pour toutes.

Elle avait un fils, qu'elle aimait plus que tout. Rocco avait l'héritier qu'il avait toujours désiré. Le rêve de sa grand-mère de voir son unique petit-fils devenir parent serait exaucé. Il lui suffisait d'épouser Rocco et tout le monde serait satisfait. Alors pourquoi hésiter ?

Parce que tu veux plus, lui souffla la voix de son cœur.

Mia fit la grimace. Elle n'avait pas le droit de vouloir plus. C'était s'aventurer en terrain glissant.

Mes parents m'ont abandonné quand j'étais enfant.

Son regard se posa sur Gianni. La ressemblance était si frappante… Nul doute qu'il deviendrait aussi fort et imposant que son père, plus tard. Allait-elle le priver de la chance de grandir auprès de lui ? Non, elle s'en savait incapable. Mais le mariage ?

Cela ne signifiait rien, s'admonesta-t-elle. Elle ne serait qu'une occupante de plus à la villa de Palerme, voilà tout. Rocco ne lui prêterait aucune attention, tant il était obnubilé par son fils. Sa poitrine se serra à cette pensée. Il y avait eu un temps où c'était *elle*, le centre de son univers. Et lui était le sien. Elle s'était même crue folle amoureuse ! Hélas, son sex-appeal ne la laissait pas plus indifférente qu'autrefois. Mais elle saurait lui résister…

Sa volonté se raffermit. Oui, pour Gianni, elle y arriverait. Ces deux baisers n'avaient été que des faiblesses passagères. Une simple réaction au fait de revoir Rocco après tout ce temps. Elle avait d'autres préoccupations plus importantes. Le bien-être de son fils. La relance de sa carrière. Passé un certain temps, elle serait libre de nouveau.

Mia expira calmement. C'était sa décision. Elle veillerait à ce que tout se passe au mieux. Elle s'approcha de la fenêtre, qui donnait sur un grand jardin entretenu avec soin. Un véritable luxe au cœur de Londres. Gianni leva la tête lorsqu'elle lui ébouriffa les cheveux et lui montra fièrement son jouet – une voiture de course rouge. Le cœur de Mia se gonfla d'amour. Tout ce qu'elle espérait, c'était qu'il ne connaisse jamais la solitude dont elle-même avait souffert enfant, auprès d'une mère rejetant la faute sur elle pour ses échecs. Elle avait beau vouloir garder son fils pour elle seule, se rapprocher de sa famille italienne ne pourrait qu'être bénéfique à Gianni.

À condition que Rocco soit prêt à quelques concessions lui aussi.

Elle joua encore un peu avec le garçonnet, puis le confia à la gouvernante. Alors qu'elle émergeait dans le couloir pour se rendre au salon, Rocco apparut descendant l'escalier, débordant de vitalité masculine. Il avait troqué son costume contre un polo et un pantalon plus décontractés. Ses cheveux étaient en bataille comme s'il y avait passé la main à plusieurs reprises, et la sienne la démangeait à présent d'en faire autant. Elle se sermonna en son for intérieur. Cette liberté-là, elle l'avait perdue depuis longtemps. Leur relation demeurerait désormais strictement platonique.

Alors ressaisis-toi au lieu de rester là à le déshabiller des yeux !

Rocco s'arrêta devant elle, un sourire amusé aux lèvres.

— T'es-tu perdue ? Ou est-ce moi que tu cherchais ?

— Il faut qu'on parle, Rocco. J'ai pris ma décision.

— Déjà ? Cela a été rapide…

— Je ne vois pas l'intérêt de faire traîner les choses.

Il la dévisagea avec attention, avant de hocher la tête.

— Dans ce cas, allons dans mon bureau.

Le bureau en question l'impressionna avec ses étagères jusqu'au plafond remplies de livres, entre lesquelles s'intercalaient des toiles et des sculptures rapportées des quatre coins du globe. Plus qu'un simple bureau, c'était une véritable merveille architecturale regorgeant de trésors. Mia aurait voulu prendre le temps d'admirer chaque œuvre d'art et interroger Rocco sur sa provenance. Lui demander si leur amour commun des livres était à l'origine de cette pièce dans cette maison qu'il prétendait avoir aménagée pour elle. Elle se mordit la langue. Peut-être lui avait-elle donné son corps et son cœur autrefois. Mais aujourd'hui, ils n'étaient plus que des étrangers l'un pour l'autre.

— Je t'écoute, lança-t-il en s'asseyant sur le bord de son bureau. Qu'as-tu décidé ?

Mia eut une dernière hésitation. Avait-elle fait le bon choix ? L'avait-elle seulement ? Gianni méritait de grandir avec son père. Les séparer était inimaginable.

— J'accepte de t'épouser, dit-elle enfin.

Un silence tomba. Rocco ne la quittait pas des yeux.

— Peux-tu répéter cela, *cara* ?

— Tu m'as très bien entendue. Mais avant de jubiler, sache que j'ai moi aussi mes conditions.

Il adopta une pose faussement nonchalante, les mains appuyées de chaque côté de ses cuisses.

— Soit. Jouons cartes sur table.

— Je suis d'accord. Tu as bien dit que nous vivrions dans ta villa de Palerme, n'est-ce pas ?

— En effet.

Mia s'humecta les lèvres, soudain embarrassée par sa demande.

— Et la villa... Elle n'a pas changé, j'imagine ?

Rocco plissa des yeux inquisiteurs.

— Non.

— Bien. Ma condition est que nous faisions chambre à part. Si tu acceptes, je m'installerai dans l'aile réservée aux invités.

— Impossible. Cette aile est occupée par Allegra et ses enfants. L'aile ouest, par ma grand-mère. À moins que tu souhaites que je les mette dehors ? suggéra Rocco d'un ton goguenard.

— Bien sûr que non.

L'inquiétude gagna Mia. Elle tenait à prendre ses quartiers le plus loin possible de Rocco. C'était vital.

Rocco se leva et s'avança vers elle. La lueur dans ses yeux ne lui disait rien qui vaille.

— Tu acceptes de m'épouser et tu cherches aussitôt à m'éviter. On jurerait que tu as peur de quelque chose.

Elle s'obligea à soutenir son regard.

— J'ignore de quoi tu parles. Est-ce trop demander que d'avoir un peu d'intimité ?

— Vouloir son intimité est une chose. Me fuir en est une autre. As-tu donc si peu confiance en toi-même ? dit-il, narquois.

— C'est en toi que je n'ai pas confiance, rétorqua-t-elle.

Rocco accusa le coup.

— C'est toi qui me dis cela ? Qu'ai-je donc fait qui me vaille une telle méfiance ?

— Peut-être m'avoir jetée dans la fosse aux lions à la première occasion ?

— C'était mérité.

Le cœur de Mia se tordit dans sa poitrine à cette nouvelle condamnation. Elle devait à tout prix s'endurcir ou elle ne survivrait pas à leur cohabitation.

— Un jour, Rocco, tu regretteras ce que tu m'as fait. Sans quoi, tu ne feras que confirmer quelle ordure sans cœur tu es.

L'espace d'une fraction de seconde, elle crut entrevoir du regret dans ses yeux. Sans doute une illusion d'optique, car il haussa les épaules.

— J'ai reçu de pires insultes, *cara*. Mais si tu y tiens tant, la suite attenante à la mienne est disponible.

Il traça d'un index caressant la courbe de sa joue.

— Tu es libre de l'aménager à ton goût. Quand tu en auras assez de faire semblant, tu sauras où me trouver.

Mia recula, soucieuse d'échapper à son aura.

— Aucune chance, assena-t-elle. Tu ne me toucheras plus, Rocco. C'est ma seconde condition. Si tu veux que ce mariage fonctionne, promets-moi de cesser tes avances à mon égard.

— Corrige-moi si je me trompe, mais tu es toujours venue dans mes bras de ton plein gré.

Le visage de Mia s'embrasa.

— Simples moments d'égarement, affirma-t-elle. Cela ne se reproduira plus.

Un sourire joua sur les lèvres de Rocco.

— Qui sait ? Tu me connais. Je suis incapable de résister à un défi.

Oh ! elle ne le savait que trop bien. Ne l'avait-il pas poursuivie de ses assiduités trois mois durant, jusqu'à ce qu'elle cède et accepte son invitation à dîner ? Décrocher ce poste chez Vitelli Construction n'avait pas été facile. Elle avait dû passer tout une batterie d'entretiens face à une concurrence féroce et était résolue à ne rien faire qui compromette son avenir professionnel. Le sort de sa mère, réduite à élever seule sa fille sans aucune perspective de carrière, avait servi de leçon à Mia. Jamais elle ne se laisserait séduire par un homme au détriment de tout le reste.

Mais Rocco n'avait pas tardé à la consumer tout entière. Son intelligence et son magnétisme sexuel avaient eu raison de ses résistances. Pendant des mois, elle avait vécu un bonheur sans nuages, au point de se croire l'exception à la règle. Amour ou travail, pourquoi choisir quand on pouvait avoir les deux ?

La chute n'en avait été que plus dure. En quelques semaines, elle avait tout perdu, sauf la vie grandissant dans son ventre. Elle ne répéterait pas la même erreur.

— Alors ? Ta réponse ?

— Entendu. Pas de relation physique tant que tu ne m'auras pas supplié, acquiesça Rocco avec arrogance.

— Cela n'arrivera pas. Je considère donc que j'ai ta parole.

Ignorant son sourire de prédateur, elle fit mine de s'en aller.

— C'est tout ? lança-t-il d'un air perplexe.

— À quoi d'autre t'attendais-tu ? Tu voulais que je prenne une décision. C'est chose faite. Je ramène Gianni à la maison.

Rocco secoua la tête.

— Non, Mia. Tu ne vas nulle part. Comptant sur tes bonnes dispositions, j'ai pris la liberté de régler les démarches administratives du mariage. Nous nous envolons dès demain pour la Sicile, où les préparatifs ont déjà commencé.

Ce fut au tour de Mia de tomber des nues.

— Comment est-ce possible ? Tu viens à peine d'apprendre l'existence de Gianni…

— C'est dire à quel point je le veux dans ma vie. Tu as accepté. À quoi bon remettre à plus tard ?

Mia eut la sensation qu'un gouffre s'ouvrait sous ses pieds.

— Mais j'ai des choses à régler. Ma maison, ma vie…

— Mon équipe s'en occupe.

Évidemment. N'avait-il pas fait preuve de la même redoutable efficacité pour l'intégrer dans sa vie quelques années plus tôt ? Architecte renommé, Rocco possédait d'exceptionnelles qualités d'organisation. Son talent quasi surnaturel pour créer des merveilles à partir de rien lui avait valu un succès fulgurant. Sa liste d'attente de clients internationaux gonflait encore son ego et son influence. Alors pourquoi avait-elle le vertige face à cette capacité à démanteler sa vie en l'espace d'une journée pour la remodeler en fonction de la sienne ? Qu'y avait-il encore d'étonnant au fait qu'il ait plusieurs longueurs d'avance sur elle ?

— Gianni n'a pas de passeport, protesta-t-elle, cherchant désespérément une excuse.

— C'est arrangé, déclara Rocco. D'autres objections ?

Par dizaines. Mais elle savait déjà qu'il les balaierait les unes après les autres.

— Non. Je vois que tout a été bien calculé. Félicitations.

De nouveau, elle tournait les talons quand une question de Rocco l'arrêta :

— Une dernière chose… Puis-je savoir ce que mon fils faisait sur un panneau d'affichage ?

Tiens, elle s'était demandé quand il remettrait cela sur le tapis. Tout était bon pour la critiquer, n'est-ce pas ? Mais son expression ne trahissait qu'une banale curiosité.

— L’occasion s’est présentée, répondit-elle évasivement.

Et le cachet était généreux, à un moment où elle avait grand besoin d’argent. Mais cela, elle le garderait pour elle. Elle avait sa fierté.

— Avant que tu t’insurges, sache que l’agence m’a été recommandée par une amie de mon groupe de jeunes mamans. Elle respecte pleinement les droits de l’enfant. Il n’y avait rien de louche dans le contrat.

— Gianni s’est-il amusé pendant la séance de photos ?

C’est tout ? Aucun reproche ?

— Il était comme un coq en pâte, assura-t-elle. C’est l’une des meilleures journées de sa vie.

Rocco sourit. Le cœur de Mia s’emballa.

— *Bene*. C’est grâce à cette démarche que j’ai retrouvé mon fils. Je ne peux qu’en être reconnaissant. Mais pour des raisons de sûreté, je préfère que nous cessions toute collaboration avec l’agence, d’accord ?

Mia hocha la tête. Il avait raison. La fortune et l’influence de Rocco n’étaient pas sans conséquences sur son entourage. La sécurité de Gianni passait avant tout.

— Soit, convint-elle. D’autres ordres à me donner ?

— Toujours le même tempérament, à ce que je vois. Tant mieux. Tu en auras besoin dans les semaines à venir.

— Est-ce une menace ?

— Au contraire, *cara mia*. Je sais combien cela t’excite de croiser le fer avec moi.

Un torrent de lave en fusion déferla dans ses veines. Elle se hâta vers la porte.

— Je ne vois pas de quoi tu parles. Maintenant, si tu veux bien m’excuser, je dois aller expliquer la situation à Gianni.

— Encore un détail… Ton adresse mail n’a pas changé, n’est-ce pas ?

— Pourquoi cette question ? demanda-t-elle, méfiante.

— Pour permettre à mon équipe de te contacter à propos du déménagement.

Seigneur, tout allait si vite ! Elle en avait le tournis.

— J'aurai donc mon mot à dire ? ironisa-t-elle.

L'expression de Rocco se rembrunit.

— Je ne suis pas un tyran, Mia.

Qu'est-ce que ce serait si c'était le cas, se retint-elle de répliquer.

— Bien. Tout est réglé, conclut abruptement Rocco.

Avec un dernier regard pénétrant, il alla s'asseoir à son bureau.

Mia quitta la pièce, sonnée par la tournure des événements. Elle partit à la recherche de Gianni, qu'elle trouva dans le jardin en train d'aider Mme Simpson à arroser les fleurs. La gouvernante parut percevoir son besoin d'un tête-à-tête avec le garçonnet et s'éclipsa. Lorsqu'un avion passa dans le ciel, Gianni le pointa du doigt, tout excité. La gorge de Mia se noua. Demain, son fils prendrait l'avion pour la première fois. Elle décida d'attendre le dernier moment pour tout lui dire, histoire de repousser encore un peu l'inévitable.

Le petit garçon finit par s'écrouler dans ses bras, épuisé par sa journée. Mia rentra avec lui et monta à l'étage, dans la chambre d'amis que lui avait indiquée Mme Simpson. La pièce se révéla aussi luxueuse que le reste de la maison avec sa salle de bains attenante, spacieuse et ultra-fonctionnelle. Mia prit plaisir à baigner Gianni, puis lui passa son pyjama et le coucha dans l'énorme lit, avant d'ouvrir son livre préféré. Elle n'avait pas lu deux pages que le garçonnet sombrait dans le sommeil.

Sur la pointe des pieds, elle quitta la chambre et redescendit au salon, pour apprendre que Rocco était sorti. Il serait de retour demain matin, l'informa Mme Simpson, également chargée de lui servir le dîner.

Mia toucha à peine à son repas. Où était allé Rocco ? Avait-il retrouvé une femme ? Comment cela se passerait-il lorsqu'ils seraient mariés ? Rocco était un homme porté sur les plaisirs de la chair, qui assouvissait sans vergogne ses besoins masculins. C'était elle qui avait banni toute relation physique entre eux. Quoi d'étonnant à ce qu'il aille voir ailleurs ? Mia ressentit la morsure de la jalousie. Ce que faisait Rocco en privé ne la regardait pas, se tança-t-elle. N'avait-elle pas elle-même exigé le respect de son intimité ? Le vrai problème était Gianni. Comment cette situation affecterait-elle leur fils ? Elle repoussa son assiette, consciente d'avoir omis un sujet vital dans sa négociation avec Rocco.

Ces questions continuèrent à la tourmenter même une fois couchée. Et elle ? Était-elle vraiment prête à lui autoriser des liaisons extraconjugales ? Pourquoi cet aspect de leur mariage la tracassait-il autant ? Si Rocco se montrait un bon père, que lui importait le reste ? Elle tournait et se retournait dans son lit, incapable de fermer l'œil.

Un flot de soleil la réveilla le lendemain matin. Elle avait l'impression de n'avoir dormi que quelques minutes. D'un bond, elle sauta du lit et se dirigea vers la chambre occupée par Gianni. Elle était vide. Une jeune fille, qui se présenta comme la nièce de Mme Simpson, lui apprit que le petit garçon était en bas avec son père.

Le premier réflexe de Mia fut de se précipiter auprès d'eux pour s'assurer que tout allait bien. Le second, de vérifier quelle tête elle avait dans la glace après sa quasi-nuit blanche… Une tête à faire peur. Se ravisant, elle alla prendre une douche, puis renfila sa robe de la veille avant de descendre à la salle à manger.

Gianni et Rocco étaient attablés devant leur petit déjeuner. Rocco souriait à son fils, qui babillait joyeusement quand il n'enfournait pas un pancake entier dans sa bouche. Mia contempla la scène avec attendrissement depuis le seuil. Jusqu'à ce que Rocco lève la tête.

— *Buongiorno.* Comptes-tu te joindre à nous ?

— Maman ! s'exclama Gianni avec un grand sourire.

Elle vint déposer un baiser dans les cheveux de son fils, puis s'assit à côté de lui et se servit un café.

— Pourquoi ne m'as-tu pas réveillée ? demanda-t-elle à Rocco.

— La journée s'annonce chargée. J'ai pensé que quelques heures de sommeil en plus ne te feraient pas de mal, répondit-il en poussant vers elle un plateau de viennoiseries.

— Comment cela, chargée ? Je croyais que tes employés s'occupaient de tout ?

— Nous devons appeler l'organisateur du mariage afin de discuter de la cérémonie. Tu comptes t'impliquer dans les préparatifs, n'est-ce pas ?

De nouveau cette sensation que le sol s'ouvrait sous ses pieds...

— Pourquoi nous précipiter ? objecta-t-elle. Le mariage ne peut-il pas attendre quelques mois ?

Le regard de Rocco prit un éclat féroce.

— Je tiens à ce que mon fils occupe au plus vite la place qui lui revient.

— N'est-ce pas plutôt ton machisme sicilien qui parle ?

— Peut-être. Quoi qu'il en soit, ce que je veux, je l'obtiens.

La sonnette retentit avant qu'elle ait eu le temps de répliquer. Rocco posa sa serviette, ébouriffa les cheveux de Gianni et se leva.

— Mon avocat est là. Finis de déjeuner et rejoins-nous dans mon bureau. Nous avons des papiers à signer.

Mia soupira et s'empara de sa tasse de café. Au fond, peu importait quand avait lieu le mariage. Elle n'y échapperait pas. Autant se débarrasser de cette formalité une bonne fois pour toutes.

À peine terminait-elle de manger que Mme Simpson apparut comme par magie. Mia lui confia Gianni et se dirigea à contrecœur vers le bureau de Rocco.

L'avocat italien qui l'avait interrogée la veille la salua d'un ton neutre. Elle n'était pas plus tôt assise qu'il lui tendait les documents : vingt pages reprenant en détail tout ce dont elle et Rocco étaient convenus. En contrepartie du mariage, elle récupérait son ancien poste chez Vitelli Construction. L'union serait dissoute d'un commun accord lorsque Gianni serait assez grand pour supporter le divorce.

Mia poursuivit sa lecture, ignorant le nœud dans son ventre chaque fois qu'elle croisait le mot « divorce ». Son sang se figea à la vue du montant de sa future pension alimentaire. Elle leva les yeux vers Rocco.

— Je ne veux pas de ton argent.

L'avocat écarquilla les yeux. Il ouvrit la bouche, mais Rocco le devança.

— Accepte-le ou il n'y a pas d'accord.

Elle jeta le document sur le bureau.

— Alors il n'y a pas d'accord, décréta-t-elle fermement.

Ce fut au tour de Rocco d'afficher un air stupéfait.

— Cela te gêne à ce point ?

— Si c'est pour passer pour une femme vénale en plus de tout le reste, non merci. J'aurai un salaire, donc les moyens de subvenir aux besoins de Gianni. C'est à prendre ou à laisser.

Rocco pinça les lèvres, clairement contrarié. Avant qu'il contre-attaque, Mia s'empara de son stylo-plume et barra elle-même la clause offensante. Puis elle passa à la suite, consciente du silence tendu autour d'elle. Parvenue à la dernière ligne, et satisfaite des termes concernant la garde de Gianni, les plus importants à ses yeux, elle signa le document et le tendit à Rocco d'un geste empreint de défi.

Ce dernier soutint longuement son regard. Après une éternité, il finit par apposer sa signature à côté de la sienne, et l'avocat s'en alla peu après.

— Si c'est une sorte de subterfuge pour me faire croire…

— Je me fiche de ce que tu crois, le coupa-t-elle. Seul Gianni compte pour moi désormais.

L'expression de Rocco se crispa. Peu encline à une nouvelle dispute, Mia quitta rapidement le bureau et remonta dans sa chambre faire son sac.

Cinq heures plus tard, elle embarquait à bord du jet de Rocco sur une piste privée du nord de Londres. Un entretien vidéo avec l'expert chargé du transfert de ses biens l'avait apaisée sur ce point. Quant à Gianni, il gazouillait avec enthousiasme dans les bras de son père. Elle lui avait expliqué la situation et était rassurée de le voir aussi excité, bien que le petit garçon n'eût sans doute pas pleinement saisi ce qui lui arrivait.

Sitôt dans les airs, Rocco s'éclipsa et passa les trois heures du vol suspendu à son portable. Quelques minutes avant l'atterrissage, il revint s'asseoir à côté de Gianni et boucla sa ceinture. Ses yeux se posèrent sur elle.

— Prête pour ta prestation, *cara* ? Peut-être serais-tu plus convaincante si tu cessais de me jeter des regards noirs…

Mia fronça les sourcils.

— Quelle prestation ?

— Ma grand-mère nous attend sur la piste d'atterrissage. Elle était trop impatiente de rencontrer son arrière-petit-fils. Alors fais un effort.

Ce fut sur cet avertissement qu'elle se retrouva propulsée dans un imbroglio familial qui lui fit aussitôt regretter son pacte avec le diable. Car la grand-mère de Rocco, appuyée sur une canne, n'était pas la seule à avoir fait le déplacement. Allegra, la jeune et très élégante veuve d'Alessandro, se tenait à ses côtés, un bras passé sous le sien pour la soutenir. Et le regard qu'elle dardait sur Mia luisait d'hostilité.

9.

L'intense émotion de Caterina Vitelli face à son arrière-petit-fils bouleversa Mia. Elle s'était préparée à se défendre contre le plus infime reproche. Mais depuis l'aéroport jusqu'à son arrivée à la villa, elle n'eut droit qu'à des effusions de joie, de la part de *nonna* d'abord, puis de toute la maisonnée. Même le personnel fit fête à Gianni, tout sourires.

Les doigts de Mia se crispèrent autour de son verre d'excellent *limoncello*, préparé à base d'authentiques citrons de Sicile. Les célébrations s'éternisaient, pour le plus grand plaisir de Gianni, ravi d'être le centre de l'attention. Mia, elle, peinait à se relaxer. Sans surprise, son fils s'intégrait déjà naturellement dans son nouvel univers. Il serait choyé par sa famille italienne, aucune inquiétude de ce côté-là. Non, la véritable ombre au tableau était le mépris émanant de la veuve d'Alessandro derrière sa façade courtoise. Et quand on parlait du loup…

— Permets-moi de te souhaiter à mon tour la bienvenue, dit Allegra en s'asseyant gracieusement à côté d'elle.

Elle s'était exprimée d'une voix basse, presque un murmure, que Mia la soupçonnait de cultiver à dessein afin d'obliger ses interlocuteurs à se pencher pour l'entendre. La gent masculine, en particulier. Mia l'avait souvent vue à l'œuvre quand elle était avec Rocco. Non qu'elle eût besoin de cela. Allegra était une beauté sculpturale qui faisait tourner la tête à de nombreux hommes.

— Je n'en ai pas cru mes oreilles quand Rocco nous

a annoncé la nouvelle, continua-t-elle en la détaillant de la tête aux pieds. À vrai dire, je peine toujours à y croire.

On est deux, grinça Mia en son for intérieur.

— Oui. Tout cela doit paraître surréaliste à quelqu'un d'extérieur, répondit-elle d'un ton neutre.

Le sourire d'Allegra se crispa.

— *Sì*, en effet. Mais en tant que membre de la famille, comme tout le monde, j'ai été profondément choquée que l'existence de ton fils nous ait été cachée.

Ton fils. Son insistance sur ce mot trahissait une méfiance à peine voilée.

— Ce n'était pas intentionnel. Pas de ma part, en tout cas, repartit Mia plus sèchement qu'elle n'en avait eu l'intention.

Allegra ouvrit de grands yeux étonnés.

— Comme c'est intrigant… Que veux-tu dire ?

Mia regretta aussitôt son indiscrétion.

— Rien qui te concerne, j'en suis sûre.

Le regard d'Allegra prit un éclat de pure malice qui lui donna la chair de poule.

— Oh ! mais tout ce qui a trait à ma famille me concerne, Mia. Depuis la tragédie, je garde un œil sur tous ceux qui me sont proches. Je suis sûre que tu comprends.

Mia déglutit. Était-ce une menace déguisée ?

— Que suis-je censée comprendre, au juste ?

La veuve se contenta de sourire sans répondre, sans doute parce que Rocco venait de les rejoindre. À moins qu'elle ait appris l'art subtil du harcèlement auprès de son défunt mari. Quoi qu'il en soit, elle se leva et posa une main familière sur le bras de Rocco.

— Mia et moi rattrapions le temps perdu, dit-elle. Quel plaisir de voir que tout lui sourit à nouveau, *sì*, *caro* ?

Elle lui adressa un sourire enjôleur avant de baisser les yeux sur Mia.

— *Mi scusi, per favore*. Je dois aller vérifier que ta suite a bien été préparée selon mes instructions.

Sur ces mots, elle s'éloigna d'une démarche chaloupée. Le message était clair : c'était elle qui dirigeait la maisonnée.

— Un problème ? s'enquit Rocco.

— Aucun. Pourquoi ? demanda Mia, l'estomac noué.

— Parce que tu es sur le point de briser ton verre…

Elle s'obligea à desserrer les doigts.

— Je savais que cette étape n'allait pas être une partie de plaisir.

— Cela ne tient qu'à toi. Je croyais me souvenir que la pression te stimulait ?

Elle roula des yeux incrédules.

— Nous ne sommes pas en réunion, Rocco.

— En effet. C'est de ma famille dont il s'agit, et elle t'a accueillie à bras ouverts. Alors je le répète, quel est le problème ?

Mia songea à Allegra. Exagérait-elle l'hostilité qu'elle avait perçue chez la jeune femme ? Elle se mordit la lèvre et secoua la tête.

— Rien. Tout va bien, assura-t-elle. Mais il est grand temps de libérer ta grand-mère de Gianni. Il ne voudra plus se coucher s'il est trop excité.

Avec un temps de retard, elle s'aperçut qu'elle avait parlé trop fort. Un silence tomba dans la pièce. Caterina dissipa le malaise :

— *Certo*, Mia. Quand tu seras installée, peut-être pourrais-tu me faire part de ses habitudes ? Je m'en voudrais de les bouleverser.

Touchée par sa prévenance, Mia se détendit.

— Il rechigne à faire la sieste depuis peu, mais il dort généralement une heure ou deux l'après-midi, expliqua-t-elle. Je lui sers son dîner vers 18 heures. Que diriez-vous de vous joindre à lui à ce moment-là ?

Sa timide invitation fut accueillie par un sourire chaleureux.

— J'en serais ravie, *ragazza dolce. Ciao, bambino*, lança-t-elle à Gianni.

Le petit garçon lui sourit, quoique d'un sourire fatigué. Sans doute se sentait-il aussi submergé que Mia car il ne protesta pas lorsqu'elle le mit au lit dix minutes plus tard. Sa nouvelle chambre lui avait plu au premier regard avec son papier peint aux motifs de voitures de course. Comment diable Rocco avait-il réussi un tel exploit en à peine vingt-quatre heures ?

— Tu as fait de ma grand-mère la plus heureuse des femmes, murmura-t-il lorsqu'ils se retrouvèrent dans le couloir.

— C'était le but, non ?

Elle s'en voulut aussitôt de sa méchanceté gratuite.

— Désolée. Ce n'est pas ce que je voulais dire…

— Vraiment ? insista Rocco, visiblement froissé. Et si tu m'expliquais plutôt ce qui se passe ? À moins que tu aies besoin de la présence d'avocats ?

— Pardon ?

— Je parle de tes soupçons concernant Alessandro. Et du fait que tu ne m'en aies rien dit.

Elle lui emboîta le pas comme il poussait la porte de son salon privé, une pièce tout confort décorée avec opulence. D'indispensables tableaux de la Renaissance ornaient les murs tendus de soie, complétés par le buste d'une figure romaine importante dans un coin.

— Tu oses me jeter à la figure le fait que j'aie voulu te ménager ? s'offusqua Mia.

— Me ménager ?

Rocco eut un rire de dérision alors qu'ils traversaient le second salon, celui attribué à Mia, et passaient dans la chambre. Cette dernière avait été redécorée depuis son départ. Les jolies teintes pastel avaient cédé la place à un blanc virginal du sol au plafond. Une idée d'Allegra ?

La voix dure de Rocco la ramena au présent.

— Je ne suis pas en sucre, Mia.

— Très bien. Admettons que je sois venue t'avertir, à

l'époque, que ton cousin me rendait la vie impossible... Qu'aurais-tu fait ?

— J'aurais exigé de lui une explication, répondit-il sans l'ombre d'une hésitation.

— Vraiment ? Et s'il avait nié en bloc ?

— Qu'est-ce qui te fait dire qu'il aurait réagi ainsi ?

— Peu importe. Je n'étais pas prête à courir le risque.

Le visage de Rocco s'assombrit.

— Tu craignais de heurter ma sensibilité ou de ne pas être crue ? Réponds-moi.

— Les deux !

Elle se frotta les tempes, sentant poindre le mal de tête.

— J'ignore ce que tu attends de moi, mais c'est une perte de temps, soupira-t-elle. Le passé est le passé. Ce qui compte est là où nous sommes maintenant.

— En effet.

Son intonation suggestive enfiévra instantanément ses sens. Tel un volcan en sommeil, leur alchimie ne demandait qu'à s'éveiller de la plus explosive des façons. Mia prit soudain conscience de l'endroit où ils se trouvaient. Tout y invitait à un sensuel rapprochement. Le lit gigantesque. La confortable méridienne devant la porte-fenêtre donnant sur la mer. La moquette moelleuse sous ses pieds. Même la pensée qu'Allegra ait choisi chacun de ces éléments ne parvint pas à étouffer les braises couvant entre ses reins. Elle sentit avec embarras ses mamelons pointer sous son corsage.

— Il nous reste un dernier détail à aborder, reprit Rocco en s'approchant d'elle.

Reculer serait un signe de faiblesse. Elle resta donc fermement plantée là où elle était, même lorsqu'il glissa une main dans ses cheveux.

— Hum... Lequel ?

— Je t'ai accordé de faire chambre à part. Mais en dehors de cette pièce, nous présentons un front uni. Personne, surtout pas *nonna*, ne doit découvrir la nature… atypique… de notre mariage.

— Que suis-je censée faire ? Prétendre être folle amoureuse de toi ?

— Je n'irai pas jusqu'à exiger une performance dont tu es incapable. Supporter d'être dans la même pièce que moi sans bracelet électronique devrait suffire.

Sa rancœur palpable lui fit mal, mais elle n'en montra rien.

— Cela devrait être dans mes cordes, persifla-t-elle.

— Bien sûr, il pourra y avoir des contacts physiques, ajouta-t-il en fixant sa bouche.

— Parce que tu as besoin de prouver ta virilité ?

Mauvaise idée de le provoquer. Le pouce contre sa joue se fit caressant. Son lent mouvement circulaire avait quelque chose de dangereusement hypnotique.

— Nous savons tous les deux que je n'ai aucun complexe de ce côté-là. Mais si tu tiens à en avoir la démonstration…

— Non, merci.

Sa voix chevrota, à sa grande mortification. Il se pencha plus près.

— Tu en es sûre ?

Mia balaya désespérément des yeux la pièce, en quête d'une bouée de sauvetage.

— Et Allegra ?

Rocco fronça les sourcils.

— Quoi, Allegra ?

— Devons-nous faire semblant devant elle aussi ? Elle semble tout diriger dans cette maison…

Il haussa les épaules.

— Allegra aime se sentir utile. Elle n'aurait jamais cru devenir veuve si jeune. C'est sa manière de faire face.

Est-ce vraiment tout ? Mia se tut, de peur de se montrer injuste envers la jeune femme.

— Rien d'autre ?

Cette simple question suffit à rallumer l'étincelle. Son

souffle se raccourcit. L'air lui-même semblait la brûler et la consumer. Rocco aussi le sentait, à en croire la façon dont ses pupilles se dilatèrent.

— Mia…

Sa voix s'érailla. Son désir se répercutait en elle avec une telle férocité qu'un gémissement lui monta à la gorge.

Résiste !

Elle recula brusquement la tête. Tant pis si elle apparaissait vulnérable.

— Je suis fatiguée. J'aimerais rester seule, s'il te plaît.

Rocco la sonda de son regard incisif. Allait-il la démasquer ? La défier de s'élever contre cette force mystérieuse qui les poussait l'un vers l'autre ? Elle n'était pas sûre d'en être capable. Lentement, sa main quitta sa nuque. Son pouce s'attarda sur sa lèvre au passage. Il adorait la toucher ainsi, autrefois. Nul doute qu'il savait très bien ce qu'il faisait en répétant ce geste.

— Entendu, *tesoro*. Je te laisse. Pour l'instant… Mais ne crois pas que ce qu'il y a entre nous va disparaître par magie.

— Ce ne sera qu'un désagrément de plus à supporter, rétorqua-t-elle.

Il eut le culot de rire. Un rire rauque et sensuel qui glissa sur sa peau telle une caresse.

— Ce sera un plaisir de te regarder essayer.

Enfin, sa main retomba. Sa chaleur lui manquait déjà, mais pas question de l'admettre.

— Si tu as besoin de quoi que ce soit, tu sais à qui t'adresser, lança-t-il en se dirigeant vers la porte. Le dîner est servi à 8 heures.

Avant de sortir, il ajouta :

— *Nonna* se joindra exceptionnellement à nous ce soir. Nous lui annoncerons ensemble la nouvelle de notre mariage. Ne la fais pas attendre.

Rocco s'interdit de regarder sa montre. Il venait de le faire. Et pourtant, il lui semblait qu'une éternité s'était écoulée entre-temps.

— Qu'y a-t-il, *tesoro* ? Tu ne tiens pas en place. Un peu comme ces chats sauvages qui rôdent la nuit sur les toits de Palerme.

Cette comparaison de sa grand-mère l'aurait amusé s'il n'avait été aussi à cran. Mia n'était jamais en retard. Du moins n'était-ce jamais arrivé autrefois. Mais ne lui avait-elle pas prouvé qu'il ne savait rien de la femme qu'il avait été sur le point d'épouser ?

Il se méprisa de son soulagement lorsqu'elle apparut une minute plus tard.

— Désolée du retard. Je suis passée voir Gianni.

— Comment va-t-il ? s'enquit Caterina.

— Il ne voulait pas dormir. J'ai dû lui lire une histoire.

Rocco se leva et tira sa chaise pour elle.

— C'est bon à savoir. Je commençais à croire que tu nous avais fait faux bond.

Mia se raidit et sa grand-mère lui adressa un regard désapprobateur. Il eut une grimace, conscient d'avoir laissé les choses déraper. Une fois de plus. Mais la solution était simple : un engagement indissoluble qui ancrerait Gianni dans sa vie une bonne fois pour toutes. Ce n'était qu'avec la certitude que son fils ne disparaîtrait pas du jour au lendemain qu'il trouverait enfin le repos.

Quant à ces incidents à répétition avec Mia… Ils devaient être réglés, d'une façon ou d'une autre. Tout comme devaient être réfutées ses folles accusations contre Alessandro. Son cousin avait été un collaborateur ambitieux et travailleur, entièrement dévoué à Vitelli Construction. L'idée qu'il ait pu malmener Mia consternait Rocco.

Pourtant, le doute le tiraillait lorsqu'il se rassit à table. Depuis les déclarations de Mia lors de l'entrevue avec ses avocats, certains détails avaient refait surface. Les réflexions parfois cavalières d'Alessandro sur la nature précipitée de sa relation avec Mia. Sa remise en question des compétences de la jeune femme. Sa tendance à exiger plus d'elle que de tous ses autres ingénieurs. Comme s'il espérait la voir échouer…

Rocco fronça les sourcils. Veiller sur les intérêts de son cousin et patron était une chose. Mais Alessandro serait-il allé jusqu'à le séparer délibérément de son propre enfant ? Pour quel motif ? Non, sa culpabilité restait à démontrer. Il ne le condamnerait pas sans de solides preuves.

— *Caro ? Che cos'è ?*

L'expression inquiète de sa grand-mère le ramena au présent. Mia, elle, le fixait avec indifférence. Cela l'irrita. Son père aussi le regardait ainsi, enfant. Quant à sa mère, elle ne s'intéressait qu'à son mari, au détriment de son propre fils. Jusqu'à leur mort prématurée, ils l'avaient cruellement négligé, au point que Rocco se demandait s'il avait jamais été désiré. Avait-il compté au moins un peu ou n'avait-il été qu'un accident biologique devenu fardeau ? Par la suite, il s'était démené pour ne plus jamais être ignoré. La blessure, toutefois, n'avait jamais vraiment cicatrisé. Comment Mia osait-elle remuer le couteau dans la plaie ?

— Peut-être devrions-nous le laisser à ses méditations, intervint-elle d'un ton blasé. Tenir son rôle d'hôte ne semble guère l'intéresser.

Cette provocation l'aiguillonna. Ce n'était pas le moment de s'apitoyer sur lui-même. Si elle le cherchait, elle allait le trouver. N'était-ce pas la preuve qu'elle n'était pas aussi indifférente qu'elle voulait le faire croire ? S'il y avait un plaisir auquel il ne savait résister, c'était celui de la pousser dans ses retranchements.

Sans hésiter, il couvrit sa main de la sienne et dissimula un sourire en la sentant se crisper.

— Navré, *cara*. Je me demandais simplement quand annoncer la grande nouvelle. Pourquoi attendre le dessert ? Cueillons l'instant présent, *sì* ?

Il porta sa main à ses lèvres et l'embrassa. Ses doigts tremblèrent dans les siens. Le désir envahit Rocco, comme chaque fois qu'il la touchait. Cela aussi, il s'en occuperait bientôt.

— *Che notizie hai ?* demanda sa grand-mère, oubliant que Mia ne maîtrisait pas l'italien.

— Mia et moi allons nous marier, annonça-t-il sans quitter la jeune femme des yeux. Et après trois années de perdues, nous avons décidé de ne pas attendre une minute de plus.

La joie de sa *nonna* lui réchauffa le cœur. Durant tout le repas, elle alterna entre excitation et larmes d'émotion. Mia, de son côté, affichait une réserve solennelle. Pour finir, même Caterina s'en aperçut.

— Tu es heureuse, Mia, n'est-ce pas ? s'enquit-elle.

— Bien sûr, répondit Mia dans un sourire. Même si j'aurais aimé avoir plus de temps pour m'y préparer…

Rocco serra les dents, mais sa grand-mère vola à son secours.

— Rocco a raison. Pourquoi repousser si c'est ce que vous souhaitez tous les deux ? Les organisateurs font un travail formidable. Moi aussi, je suis prête à mettre la main à la pâte.

— *Grazie, nonna.* Tant que tu ne te surmènes pas…

Elle balaya ses inquiétudes d'un geste désinvolte.

— Ce n'était qu'un petit malaise de rien du tout, assura-t-elle. *Mio pronipote*, Gianni, m'a insufflé une seconde vie. Dis-moi ce dont tu as besoin, Mia, et nous établirons une liste dès demain.

Rocco s'adossa à sa chaise avec satisfaction. La première étape se déroulait comme prévu. Nul doute que le reste se mettrait en place naturellement. Il ne tolérerait pas qu'il en aille autrement.

Neuf jours après son arrivée, Mia se tenait devant l'imposante double porte de la cathédrale de Palerme.

Avec sa basilique du XIe siècle ornée d'or, ses mosaïques admirablement préservées, ses splendides arches en pierre et ses colonnes corinthiennes, elle respirait l'histoire et le prestige. C'était également là que Caterina Vitelli se rendait à la messe deux fois par semaine.

Mia peinait à respirer. Sa robe en soie et dentelle ivoire agrémentée d'une traîne vertigineuse était une pure merveille. Mais l'étroit corset lui comprimait la poitrine. Sans oublier les papillons dans son ventre, qui ne la quittaient plus depuis que Caterina lui avait soumis sa liste de préparatifs on ne peut plus concrets. Impossible de se voiler la face plus longtemps : le mariage aurait bien lieu.

Rocco, lors de leur unique discussion sur le sujet, lui avait accordé son vœu d'une cérémonie intime. Mais « intime », chez les Vitelli, signifiait plusieurs dizaines de personnes, avait-elle très vite découvert. Si Rocco était l'unique petit-fils de Caterina, son grand-père avait eu plusieurs frères et sœurs qui avaient engendré une foule d'arrière-cousins et cousines, pour la plupart employés chez Vitelli Construction. Et tous avaient tenu à honorer son invitation.

Une seule personne s'était distinguée par son absence au cours de la semaine. Allegra. Elle rendait visite à ses parents dans le nord de la Sicile avec ses enfants. Mia avait été soulagée de ce répit. L'influence de la jeune veuve au sein de la villa s'était révélée considérable. La plupart des décisions concernant la gestion de la maisonnée devaient être approuvées par elle. Mia faisait bonne figure, mais supportait mal de devoir lui demander la permission pour ajouter les pâtes préférées de Gianni sur la liste de courses.

— Maman ?

Elle tressaillit et baissa les yeux vers son fils, qui la dévisageait avec impatience. Elle lui avait donné le choix entre attendre auprès de son père devant l'autel ou remonter la nef avec elle. Pour son plus grand bonheur, le garçonnet avait choisi la seconde option. En costume gris identique à celui de Rocco, les cheveux soigneusement peignés en arrière, il était à croquer.

— Allons-y, lança-t-elle avec une feinte légèreté.

Elle puisa un certain réconfort dans sa petite main agrippée à la sienne. Dans sa démarche fière et sautillante. C'est tout juste s'il ne lui volait pas la vedette ! Un murmure attendri parcourut l'assemblée. Mais Mia ne voyait que Rocco, dont le regard braqué sur elle l'attirait à lui tel un aimant. Sa nervosité redoubla lorsque Gianni fut entraîné vers un banc par son arrière-grand-mère. La main de Rocco engloutit la sienne et ils se tournèrent ensemble vers le prêtre.

La cérémonie se déroula en un éclair. Elle avait à peine prononcé ses vœux qu'elle sentait déjà le métal froid de l'alliance glisser autour de son annulaire. Les dés étaient jetés. Impossible de faire machine arrière, désormais. Rocco serra ses doigts tremblants en une étreinte possessive, puis l'attira à lui. Alors que ses lèvres n'étaient plus qu'à quelques millimètres des siennes, il se figea. Elle demeura là, captive de ses bras et de ses yeux chevillés aux siens.

— Tu es à moi, maintenant, chuchota-t-il de façon à ce qu'elle seule l'entende. Montre-leur donc à tous combien tu es ravie.

Mia retint son souffle. Il lui laissait l'initiative ! C'était un défi autant qu'une façon de l'obliger à jouer son rôle. Peut-être voulait-elle prouver à Rocco qu'elle en était capable, ou craignait-elle d'éveiller les soupçons des dizaines de Vitelli qui les regardaient, dans l'expectative. Quoi qu'il en soit, elle ne se dégonflerait pas. S'agrippant aux revers de sa veste, elle se hissa sur la pointe des pieds et appuya sa bouche sur la sienne.

C'était censé être un baiser pour la forme. Mais à la seconde où leurs lèvres s'effleuraient, Rocco reprit les rênes, en mâle alpha incapable de céder le contrôle plus de quelques secondes. Il pencha la tête et glissa la langue entre ses lèvres pour approfondir leur baiser. Les acclamations des invités lui parvinrent de très loin, assourdies par le sang qui battait à ses tempes. Le temps parut ralentir, comme pour lui donner tout loisir de se perdre dans cette déferlante de sensations. Quand Rocco recula la tête, ils pantelaient tous les deux.

Elle qui cherchait à marquer un point, elle n'avait réussi qu'à affaiblir davantage ses défenses ! Atterrée, et vaguement paniquée, elle se laissa conduire hors de la cathédrale, puis dans la limousine qui les attendait dehors. Gianni, lui, accompagnait son arrière-grand-mère dans une autre berline, laissant Mia et Rocco en tête à tête.

Méfiante, elle le vit plonger la main dans la poche intérieure de sa veste. Ce qu'il en sortit la laissa bouche bée. Devant ses yeux étincelait un solitaire familier… Sa bague de fiançailles d'autrefois.

— Tu l'as gardée ?

Il haussa les épaules.

— Mes employés chargés de débarrasser tes affaires ont dû tomber dessus et juger prudent de la mettre dans mon coffre à la banque. C'est là qu'elle était tout ce temps. Ne te fais pas d'idées, Mia.

Il saisit sa main et glissa le solitaire à son annulaire. Les deux bagues côte à côte se complétaient à la perfection. À croire qu'elles avaient été conçues dans ce dessein. Mais Rocco l'avait dit lui-même : c'est tout juste s'il se rappelait cette bague avant aujourd'hui.

Mia dégagea sa main et serra le poing.

— Encore un de tes tests, lança-t-elle, blessée dans son orgueil.

— Tu as relevé celui du baiser haut la main, rétorqua-t-il avec une insupportable suffisance. Pendant un instant, même moi, j'y ai cru. Tu vois, *cara*, ton retour dans ma vie ne devrait pas être si désagréable. À ce propos…

Une pause. Délibérée. Le prédateur s'amusait avec sa proie. Elle avait beau le savoir, elle mordit néanmoins à l'hameçon.

— Oui ?

— *Nonna* m'a dit que tu hésitais sur notre destination de lune de miel ?

— J'ai préféré paraître indécise plutôt que lui avouer qu'il n'y en aurait pas, corrigea-t-elle.

Un sourire de conspirateur incurva ses lèvres. Ces lèvres dont elle sentait encore le goût sur les siennes…

— Nous sommes mariés, *amante*. Autant aller jusqu'au bout, non ?

Le cœur de Mia fit un double salto.

— Que veux-tu dire ?

— Je viens de signer un contrat pour la construction d'un centre d'arts à Macau, expliqua-t-il. Je tiens à ce que tu m'accompagnes sur le site. Ma grand-mère nous croira en lune de miel et gardera Gianni. Pour toi, ce sera l'occasion de remettre le pied à l'étrier. D'une pierre deux coups.

— Gianni ne vient pas avec nous ? remarqua-t-elle avec déception.

— Nous ne partons que quelques jours. Et puis, je ne crois pas qu'il soit prêt à quitter *nonna* si vite.

C'est vrai, Gianni et son arrière-grand-mère s'étaient totalement entichés l'un de l'autre. Mia n'avait simplement pas l'habitude d'être séparée de lui.

— Il va me manquer à moi aussi, dit Rocco avec douceur. Mais il faut bien que tu apprennes à concilier travail et maternité, non ?

Ces mots pleins de bon sens, contre toute attente, l'apaisèrent et elle acquiesça. Leurs regards se croisèrent. Mais lorsqu'il tendit la main vers elle, elle tressaillit. Rocco serra les dents.

— Nous sommes arrivés. Je compte sur toi pour offrir ta plus belle prestation.

Mia tint son rôle de jeune mariée comblée durant toute la réception, organisée dans la somptueuse salle de bal de la villa. Son masque bien en place, elle survécut au défilé d'une ribambelle de cousins, oncles et tantes dont les noms ne tardèrent pas à se mélanger dans sa tête. Puis vint la première danse avec Rocco sur un morceau au piano interprété par un musicien renommé. Rocco en profita pour l'enlacer bien plus étroitement que nécessaire.

— Je ne te l'ai pas encore dit, mais tu es sublime, *mia moglie*, lui susurra-t-il.

Avec ce sourire indiquant qu'il savait très bien quel effet il avait sur elle.

Quand Gianni vint s'insérer entre eux lors d'un autre slow, l'émotion submergea Mia. Eux dansant ainsi tous les trois... C'était exactement ce dont elle rêvait. Former une famille unie avec Rocco et leur fils, sans chantage, ni conditions. Si seulement les circonstances avaient été différentes... Mais ce rêve était hors de portée, désormais. Et le vide qu'il laissait en elle menaçait de lui briser le cœur.

Quelques heures plus tard, Mia bordait Gianni dans son lit et déposait un baiser sur son front.

— *Bella*, maman, murmura-t-il d'une voix endormie, en caressant de sa petite main la dentelle de sa manche.

Ce compliment lui mit les larmes aux yeux. Ou peut-être était-ce le fait de l'entendre parler italien. Ce n'était pourtant pas la première fois. Toute la semaine, il avait appris religieusement les mots que lui enseignait Rocco.

— Merci, mon chéri.

— Quel charmeur en herbe, *mio figlio*.

La voix grave de Rocco s'éleva derrière elle comme il s'approchait à son tour du lit.

— *Dormi bene, caro*. Fais de beaux rêves.

Les yeux de Mia s'embuèrent de plus belle lorsqu'il se pencha pour embrasser Gianni. Elle essuya discrètement ses larmes et quitta la pièce en hâte.

Mais bien sûr, Rocco n'était pas disposé à la laisser le

fuir. Avait-elle trahi sa vulnérabilité plus tôt, pendant qu'ils dansaient ? Sans doute. En prédateur qu'il était, il l'avait sentie et passait à l'offensive. À peine poussait-elle la porte de sa chambre qu'il se matérialisa derrière elle. Carrant les épaules, elle lui fit face.

— Oui ? Tu as besoin de quelque chose ?

Il sourit et dénoua nonchalamment sa cravate. Le souffle de Mia se raccourcit.

— C'est toi, *tesoro mio*, qui as besoin de moi.

— Je ne vois pas de quoi tu parles.

Il désigna sa robe du menton, tout en s'avançant vers elle.

— La styliste t'a aidée à t'habiller ce matin. Comment vas-tu t'en sortir sans elle ?

Mia se mordit la lèvre. Son corset tenait fermé grâce à un laçage complexe composé d'une profusion de rubans. S'en libérer seule était impossible à moins d'exécuter un numéro de contorsionniste. Mais elle n'avait pas confiance en Rocco. Ni en elle-même, d'ailleurs.

— Inutile de te mettre dans un tel état, Mia. Je ne fais que t'offrir mon aide.

Elle eut un rire de dérision.

— Bien sûr. Et le grand méchant loup des contes de fées est en réalité un gentil chien inoffensif…

— Est-ce moi que tu traites de grand méchant loup, *bella mia* ? Quelle idée. Je n'ai aucune intention de te dévorer.

Son index descendit le long de sa joue jusqu'au creux de sa gorge, là où battait son pouls.

— Encore que…

— Rocco…

Sans crier gare, il captura sa taille.

— Donne-toi à moi, Mia, susurra-t-il, la voix rauque de désir.

Ses lèvres imprimèrent un sillon de feu dans son cou.

— Non, protesta-t-elle faiblement. Ce n'est pas ce que nous avions convenu.

— L'intérêt d'être un adulte doué de raison est que l'on peut changer d'avis. Tu as envie de moi et moi aussi.

Il la plaqua contre lui pour mieux illustrer ses propos. Une plainte lui échappa.

— Est-ce vraiment ce que tu veux, *cara* ? Continuer à nier ce qu'il y a entre nous ?

Elle secoua la tête, plus pour dissiper le brouillard qui embrumait son esprit qu'en réponse à sa question.

— Alors embrasse-moi, *amante*, murmura Rocco en reculant la tête.

Juste un peu, toujours à portée de sa bouche. Comme à l'église, il lui laissait le choix. Et pour la seconde fois, le désir l'emporta sur la raison. Elle saisit les revers de sa veste et l'attira violemment à elle, lèvres déjà entrouvertes. Rocco répondit volontiers à l'invitation, ravageant sa bouche avec avidité.

Seigneur, quelle exquise folie ! Mia savourait la moindre sensation. Son essence sur sa langue. Ses bras musclés qui les collaient l'un à l'autre. Ses grognements quasi primitifs. Deux larges mains capturèrent soudain ses hanches, et elle se sentit soulevée de terre.

Ses sens exultèrent quand Rocco la jeta sur le lit et se hissa au-dessus d'elle. Son cri de surprise se perdit dans un nouveau baiser torride. Elle lui agrippa les cheveux et le lui rendit au centuple. Un bras autour de sa taille, il les fit ensuite rouler sur le matelas, de sorte que c'est elle qui se retrouva sur lui. Un sentiment de toute-puissance féminine enflamma son désir. Leurs regards se happèrent, comme aimantés l'un à l'autre. L'incroyable alchimie qui les avait liés au premier regard, à l'époque, rejaillissait maintenant avec une intensité décuplée. D'instinct, elle bougea la première et frotta son mont de Vénus contre l'érection de Rocco. Avec un son enroué, il lui empoigna le bassin pour accroître le contact.

— *Mia dea...*

« Ma déesse. » Elle adorait quand il l'appelait ainsi. Autrefois... Avant que sa vie vole en éclats.

Bon sang, à quoi jouait-elle ?

Mais elle n'eut pas le temps de rectifier le tir. D'un geste leste, Rocco inversa de nouveau leurs positions. Ainsi dominée, elle sentit sa volonté s'effriter. Deux mains impatientes se faufilèrent sous son jupon et tirèrent sur sa petite culotte, puis écartèrent ses cuisses. La seconde d'après, Rocco s'agenouillait devant elle près du lit.

Mia cria de plaisir au contact de ses lèvres brûlantes sur son intimité.

— Rocco !

Il ne répondit pas, trop occupé à positionner ses jambes sur ses épaules pour mieux lui faire perdre la tête. Mia ondulait et se tortillait dans un concert de gémissements. Son cœur battait si fort que sa poitrine semblait sur le point d'éclater. Seigneur, c'était un supplice ! Mais le plus délicieux qui soit, prodigué par un expert en la matière. Des étoiles dansaient devant ses yeux. Sa vision se brouilla, et un long cri jaillit de sa gorge comme l'orgasme la submergeait.

Rocco parsema de baisers ses doigts, son poignet, le creux sensible de son coude. Parvenu à son épaule, il se pencha à son oreille.

— Dis-moi que tu es mienne, Mia.

Mia ouvrit les yeux, encore étourdie. Fixa le plafond de stuc au-dessus d'elle.

À quoi jouait-elle ?

Cette fois, la question résonna avec insistance. Elle était si proche de se perdre à nouveau... Comment avait-elle pu en arriver là ?

— Non.

Il se redressa brusquement, une expression choquée sur les traits. Une lueur dangereuse flamboya dans ses yeux bleus. D'un bond, il se releva et se mit à arpenter la pièce en passant et repassant la main dans ses cheveux. Quand il s'immobilisa, son regard la transperça telle une flèche.

— Tu remportes cette bataille, *dea*, mais la guerre n'est pas terminée. Je gagne toujours. C'est toi-même qui me supplieras d'accepter ta reddition.

Sur ces mots, il s'en alla, la laissant seule et à cran. Non sans avoir accompli sa mission. Son corset, découvrit-elle en se relevant, bâillait sur sa poitrine. Sans qu'elle s'en aperçoive, les lacets en avaient été défaits.

10.

Dire au revoir à Gianni fut un moment difficile pour Mia. D'autant que le petit garçon avait la tête ailleurs, occupé à apprendre une comptine italienne avec son arrière-grand-mère. La présence de Rocco n'arrangeait rien. Ni celle d'Allegra, qui semblait tout droit rentrée d'un séjour dans un spa plutôt que d'une visite familiale. Mia avait été surprise de la découvrir à la table du petit déjeuner. La jeune femme l'avait ignorée, continuant à bavarder en italien avec Rocco et Caterina.

Non que cela l'eût dérangée, préoccupée qu'elle était par la scène de la veille. Elle avait à peine fermé l'œil de la nuit. Alors qu'elle caressait les cheveux de Gianni, son alliance miroita au soleil. Comme si elle avait besoin d'un rappel que l'homme qu'elle avait éconduit la nuit précédente était son mari. Au vu de sa mine ombrageuse, il était toujours furieux contre elle.

— Nous allons être en retard, Mia.

Son ton cassant lui valut un regard réprobateur de sa grand-mère. Mia se leva et alla chercher sa valise dans le salon en ayant soin de l'éviter, pendant qu'il s'accordait à son tour quelques minutes avec leur fils. Des émotions contradictoires bataillaient en elle. C'est le moment que choisit Allegra pour se matérialiser à ses côtés. *Il ne manquait plus que cela.*

— Tu te crois intelligente, n'est-ce pas ? attaqua-t-elle, le regard assassin.

— Pardon ?

— Tu oses proférer des accusations contre mon pauvre Alessandro ?

Mia cilla, prise de court.

— Qui t'a dit cela ?

— Alors c'est vrai, lança Allegra. Tu me coupes l'herbe sous le pied tout en souillant la mémoire de mon Sandro !

— Te couper l'herbe sous le pied ? Je ne comprends pas…

La veuve jeta un regard en coin vers Rocco, comme pour s'assurer qu'il était toujours occupé avec Gianni, et s'approcha plus près.

— Je ne l'aurais jamais cru assez naïf pour tomber dans le panneau. C'était une erreur de ma part et je compte bien la corriger.

— Tu veux parler de mon mariage ?

— Quel mariage ? Une farce, oui ! Vous n'avez même pas passé votre nuit de noces ensemble.

Mia s'empourpra, mortifiée. Comment Allegra était-elle au courant ?

— Un conseil, retourne d'où tu viens. Cela vaut mieux, poursuivit la veuve.

Une colère sourde envahit Mia.

— Me menacer n'est pas une bonne idée, Allegra. C'est *moi* la maîtresse de maison, désormais. Je n'ai qu'à claquer des doigts pour te faire chasser d'ici.

Allegra pâlit. Au même instant, Rocco entra dans le salon. Ses yeux se plissèrent comme son regard passait de l'une à l'autre.

— Prête, Mia ?

— Bien sûr… *caro.*

Elle affecta une fausse tendresse, sans quitter Allegra des yeux. Une ombre de doute passa sur le visage de la jeune veuve. Mais lorsqu'elle se tourna vers Rocco, son sourire était revenu. Elle ondula contre lui et l'embrassa sur la joue, une main posée sur son torse, tout en lui adressant en minaudant quelques mots en italien. Rocco hocha brièvement la tête avant d'entraîner Mia dehors.

Les dix premières minutes du trajet se passèrent dans un silence tendu.

— As-tu bien dormi, *cara* ? demanda-t-il enfin d'un ton railleur, en insistant sur le surnom affectueux comme elle l'avait fait plus tôt.

— Cela ne te regarde pas, le rabroua-t-elle.

— J'en conclus que non. As-tu éprouvé le même… inconfort que moi ?

— Je doute que tu aies été très affecté. Et si c'est le cas, le remède semble tout trouvé.

Un pli perplexe creusa son front.

— *Che cosa ?*

— Je parle d'Allegra, littéralement pendue à ton cou. Cela n'a pas eu l'air de te gêner.

Ses yeux bleus s'agrandirent. Déjà, son sourire était revenu.

— Serais-tu jalouse, *amante mia* ?

Hélas, cela en avait tout l'air.

— Non. Je préférerais simplement ne pas avoir à endurer le spectacle.

— Sois tranquille. Allegra ne m'intéresse pas, ni aucune autre femme. Je n'ai d'yeux que pour celle que j'ai épousée.

Le regard de Rocco se durcit.

— C'est toi qui nous as enfermés dans cette situation, Mia. À toi de nous en sortir. Mais je n'attendrai pas indéfiniment.

— Que veux-tu dire ?

— C'est simple. Je ne tolérerai pas l'indifférence, feinte ou non. Ferme les yeux sur cette *impazzata* entre nous si tu veux. Mais ne compte pas sur moi pour en faire autant. Et rappelle-toi que je gagne toujours à la fin.

L'avertissement résonnait encore dans sa tête lorsqu'ils arrivèrent à son hangar privé à l'aéroport Boccadifalco. Ce n'était pas la première fois qu'elle voyageait à bord de son jet d'affaires. L'opulence de l'appareil ne manquait jamais de l'impressionner. Pas cette fois. Troublée par l'incident avec Allegra et les mots de Rocco, elle n'y prêta aucune attention. Du reste, Rocco semblait impatient d'entrer dans le vif du sujet. Sitôt après le décollage, il se tourna vers elle.

— J'ai apporté les plans du projet. J'aimerais entendre tes impressions.

Elle acquiesça et le suivit vers la table de conférence, gagnée par un sentiment d'anticipation. Au début, elle s'était inquiétée de l'impact de ces voyages en jet privé sur l'environnement. Il l'avait rassurée en lui détaillant les strictes mesures qu'il prenait afin de réduire son empreinte carbone. Ce souci de l'écologie se retrouvait dans tous les projets de Vitelli Construction, conçus le plus possible à partir de matériaux renouvelables. C'était l'une des raisons pour lesquelles elle adorait travailler avec Rocco. Le centre de Macau ne faisait pas exception. C'était même l'édifice le plus écologique qu'elle ait jamais vu, à couper le souffle tant par son design que par son exécution.

— C'est fabuleux, dit-elle. Vraiment.

— *Grazie.*

La structure affectait la forme d'un délicat pinceau pointant vers un chevalet. Ce dernier constituerait le bâtiment principal, tandis que le pinceau abriterait galeries, auditoriums et restaurants, ainsi qu'un parc technologique proposant des expériences interactives.

— Le concept est audacieux et novateur. L'avis d'un ingénieur structure m'est indispensable afin d'éliminer tout risque d'écroulement, commenta Rocco.

— Il faut d'abord que je lise le rapport de faisabilité. J'ai besoin de connaître la nature du terrain et les matériaux utilisés, répondit-elle.

— Tout est là.

Leurs doigts se frôlèrent comme elle saisissait sa tablette. Ils se figèrent tous les deux. Rocco se reprit le premier et multiplia les questions tandis qu'ils étudiaient ensemble les plans. La sonnerie de son téléphone les interrompit.

— Je dois prendre cet appel, dit-il.

Restée seule, Mia se plongea immédiatement dans la lecture du rapport de deux cents pages. Elle était si absorbée qu'elle n'entendit pas Rocco revenir et s'asseoir en face d'elle. Lorsqu'elle leva les yeux, elle surprit son regard brillant de convoitise sur elle. Une brusque chaleur inonda son bas-ventre.

Je ne tolérerai pas l'indifférence, feinte ou non.

Faisait-il allusion à ses parents ? Elle aurait aimé lui poser la question. Mais n'était-ce pas elle qui dressait un mur entre eux ? Quel droit avait-elle de l'interroger sur un sujet aussi personnel ? Son regard tomba sur son alliance. Rocco semblait résolu à renégocier leur accord. Se montrait-elle trop butée en opposant un refus catégorique ?

— Quelque chose te travaille, *cara* ?

Son sourire en coin l'agaça. Que lui arrivait-il ? Ils étaient mariés depuis à peine vingt-quatre heures et elle doutait déjà d'elle-même ?

— Oui. Le sol est plus détrempé que je ne le pensais, dit-elle de son ton le plus professionnel. Il va falloir consolider les fondations. Sa porosité requiert également l'utilisation d'un acier spécialement traité. J'affinerai mon évaluation sur le terrain.

Lisait-elle de la déception sur le visage de Rocco ? Très vite, il retrouva son impassibilité habituelle et posa quelques questions supplémentaires. Puis ils passèrent à d'autres projets en cours, tous aussi passionnants les uns que les autres. Mon Dieu, comme cela lui avait manqué ! Être mère et s'occuper de Gianni était un bonheur de chaque instant. Mais le fait est qu'elle avait toujours eu besoin de ce genre de stimulation intellectuelle pour se sentir pleinement épanouie. À tel point qu'elle ne vit pas le temps passer, et c'est à contrecœur qu'elle accepta une pause déjeuner, quelques heures plus tard.

— Tu adores ce que tu fais, n'est-ce pas ? observa Rocco avec un sourire amusé.

Elle haussa les épaules.

— Cela m'a manqué, c'est vrai, admit-elle.

— De travailler pour moi ?

— De travailler tout court. Mais puisque tu as été mon employeur, alors oui.

L'expression de Rocco perdit son aménité.

— Dans ce cas, pourquoi m'avoir doublé, Mia ?

Elle soutint son regard sans flancher.

— Je n'ai rien fait de tel, affirma-t-elle.

Devant son silence prolongé, elle insista :

— Tu me crois ?

— Est-ce important pour toi que je te croie ? demanda-t-il, une émotion indéchiffrable dans la voix.

Cela l'était. Et contre toute prudence, elle voulait qu'il le sache.

— Oui.

— Alors je te crois, dit-il simplement.

Le souffle de Mia se bloqua dans sa gorge.

— Comme cela, sur parole ?

— La plainte pour harcèlement est frauduleuse. Que le coupable t'ait également piégée avec l'histoire des plans volés serait plausible, déclara-t-il. De fait, Vitelli Construction n'en a pas souffert. Nos concurrents n'avaient pas l'expertise nécessaire pour un projet en environnement désertique comme celui d'Abu Dhabi. Quand ils ont tenté de s'approprier la paternité de mon travail, c'est leur propre réputation qui en a pâti. Si tu affirmes ne pas m'avoir trahi, je suis prêt à tourner la page.

Un immense soulagement envahit Mia, même s'il lui accordait le bénéfice du doute plus qu'il ne reconnaissait son innocence.

— Et Alessandro ? demanda-t-elle.

Le visage de Rocco se ferma, bien qu'elle crût entrevoir un éclair de doute dans ses yeux.

— Je ne condamne pas sans preuves, Mia.

Cette réponse la froissa au souvenir de la manière dont il l'avait traitée *elle*, trois ans plus tôt. Elle repoussa son assiette, l'appétit coupé.

— Pourquoi en avoir parlé à Allegra ? lui demanda-t-elle à brûle-pourpoint.

Rocco fronça les sourcils.

— Parlé de quoi ?

— Si tu réserves ton jugement, pourquoi lui avoir confié que je soupçonnais Alessandro d'être derrière ce qui m'est arrivé ?

— À part à mes avocats, je n'en ai parlé à personne, Mia.

— Eh bien, elle est au courant. Elle m'a accusée de salir la mémoire de son mari.

— Quand ? s'enquit-il avec brusquerie.

— Ce matin, avant que nous partions.

Ses yeux bleus flamboyèrent. Sans un mot, il se leva et disparut. Mia était décontenancée. Si ce n'était pas lui qui avait parlé à Allegra, alors qui ?

Fatiguée par le travail autant que par ces questions sans réponses, Mia se leva à son tour et se dirigea vers la chambre. Un peu de repos lui ferait du bien. Et le large lit semblait si douillet… Sans plus hésiter, elle ôta ses chaussures et se glissa entre les draps propres brodés d'or.

Elle ne comptait dormir que dix, quinze minutes maximum. Mais lorsqu'elle se réveilla, la pénombre avait envahi la chambre. Mia sentit d'instinct qu'elle n'était pas seule et tourna la tête, à temps pour distinguer une silhouette se dirigeant vers la porte.

— Rocco ?

Il se figea, puis pivota sur ses talons.

— Nous ne sommes pas encore arrivés. Rendors-toi. J'étais juste venu m'assurer que tu allais bien.

— As-tu réussi à dormir un peu ? s'enquit Mia en s'asseyant contre les oreillers.

— Au risque de sonner comme un disque rayé, comment pourrais-je dormir en te sachant si proche ?

Le cœur de Mia s'emballa.

— Je t'affecte à ce point ?

Il vint s'asseoir au bord du lit. La fièvre dans ses yeux s'insinua en elle et mille frissons coururent sur sa peau.

— Tu as une profonde emprise sur moi, *cara*. Je ne cherche plus à le nier. C'est sans doute pour cela que j'ai réagi si violemment à ce malheureux incident, il y a trois ans.

Comme la veille, une délicieuse sensation de pouvoir enivra Mia, tel un nectar aphrodisiaque. Se sentant perdre pied, elle se raccrocha à son indignation.

— Un malheureux incident ? C'est ainsi que tu le qualifies ?

Il secoua la tête.

— Le passé m'importe moins que l'avenir. Raison de plus pour régler cette… situation entre nous. Le manque de sommeil risque très vite de me rendre invivable.

— Est-ce une menace ? C'est *ton* problème, Rocco. À toi de le régler.

Elle allait se retourner dans le lit quand une large main la retint par l'épaule.

— Attends.

— Quoi ?

— Il y a autre chose que j'aimerais te demander. *Per favore.*

Il avait parlé d'un ton si bourru, si chargé d'émotion contenue, que sa rebuffade mourut sur ses lèvres. Lentement, elle hocha la tête.

— Parle-moi de ta grossesse, murmura-t-il.

— Pourquoi ?

La main de Rocco lâcha son épaule pour se poser délicatement sur son ventre.

— Tu as porté mon fils. Quoi qu'il arrive entre nous, je regretterai toujours de ne pas avoir été présent à sa naissance.

Sa peine émut Mia. Elle savait combien il adorait Gianni. Le coupable, qui qu'il soit, avait aussi nui à Rocco en lui volant ces moments précieux. Une boule dans la gorge, elle replongea pour lui dans le passé.

— J'ai entendu son cœur battre pour la première fois à neuf semaines, raconta-t-elle, émue à ce souvenir. Il battait si fort… C'est drôle, mais cela m'a aidée à supporter les nausées matinales. Estime-toi heureux d'avoir manqué cette partie-là.

Rocco s'allongea à côté d'elle sur le lit avec un sourire empreint de mélancolie.

— Non, j'aurais préféré ne rien manquer du tout. Continue, l'encouragea-t-il.

— Tout s'est bien passé par la suite. Si tu veux, j'ai une photo de l'échographie dans mon sac…

— Montre-moi.

Elle attrapa son sac à main par terre et en sortit son portefeuille, où elle gardait toujours la photo avec elle. Rocco contempla longuement la petite image en noir et blanc, comme s'il cherchait à en absorber chaque détail. Touchée par son émotion, elle saisit son téléphone et lui montra les photos d'elle enceinte prises par sa grand-mère au cottage. Rocco lui prit le téléphone des mains pour mieux les voir et les revoir. Une en particulier semblait retenir son attention, d'elle en fin de grossesse dans une robe d'été jaune, pieds nus et cheveux au vent.

— *Dios mio, eri squisito*, murmura-t-il, comme envoûté. Que n'aurais-je donné pour te voir ainsi, rayonnante avec mon enfant dans ton ventre…

Son regard happa le sien.

— Tu l'as aimé et protégé malgré les circonstances. Je t'en suis infiniment reconnaissant.

Un frisson traversa Mia. Rocco tendit la main vers la lampe de chevet et l'alluma. Elle n'avait plus nulle part où se cacher. Mais son corps refusait de bouger. Ils restèrent ainsi, l'un contre l'autre, dans un silence saturé de tension charnelle. Le regard de Rocco erra lentement sur son corps avant de revenir se planter dans le sien.

— Si je reste dans ce lit, ce ne sera pas pour dormir, murmura-t-il.

— Je sais.

C'était l'invitation qu'il attendait. Mia le regarda, hypnotisée, se débarrasser de ses chaussures, puis déboutonner sa chemise et la jeter par terre. Ses yeux s'attachèrent à ses abdominaux d'acier. Mon Dieu, ce qu'il était sexy ! Il fit une pause, la main sur sa ceinture, en l'interrogeant du regard.

Mia frémit. Une fois de plus, il lui lançait un défi. Dans un accès de hardiesse, elle écarta sa main et s'empara de la ceinture, qu'elle déboucla promptement pour la faire glisser dans les passants du pantalon. Le souffle de Rocco se hacha lorsqu'elle effleura son érection. Le sien aussi. Impossible de faire machine arrière, maintenant. Ce qu'ils avaient commencé ne pouvait se conclure que d'une seule façon. À moins qu'il s'agît d'un nouveau départ ?

Chaque chose en son temps, décida-t-elle. Là, tout de suite, elle voulait profiter pleinement de l'instant. Pour le reste, elle verrait plus tard.

— Tu comptes me torturer encore longtemps comme cela, *amante* ?

Ramenée au présent, elle s'aperçut que sa main s'était pétrifiée sur le bouton de son pantalon. Elle le défit, puis baissa la braguette. Un grognement passa les lèvres de Rocco. Ses doigts s'enfoncèrent dans ses cheveux qu'il agrippa à pleine main.

— Tu veux ma mort, *tesoro.*

Elle sourit, sans interrompre sa caresse légère.

— Je me demande qui l'emporterait dans ce bras de fer, dit-elle, taquine.

— Continue à me défier et nous le saurons très vite.

D'un seul geste, il ôta à la fois son pantalon et son boxer, puis il se redressa. Il se tenait devant elle, la dominant dans toute sa virile splendeur. Sa chair érigée palpitait sous ses yeux, offerte en une irrésistible tentation. Les sens de Mia exultèrent. Ce fut plus fort qu'elle. N'écoutant que son désir, elle y porta les lèvres et la prit dans sa bouche. Un nouveau grognement rauque répondit à son initiative. Ce petit jeu sensuel ne dura que quelques secondes avant que Rocco y mette un terme.

— Assez.

Ni une ni deux, il passa à l'attaque. Avec une efficacité redoutable, il la déshabilla à son tour, de sorte qu'elle fut bientôt entièrement nue. Elle se retrouva aussitôt allongée sur le lit, Rocco au-dessus d'elle et entre ses cuisses. Il captura sa bouche dans un baiser torride, explorant chaque recoin, mû par une fougue qui lui coupa le souffle. Grisée par la passion, elle se raccrocha à ses épaules, les ongles enfoncés dans sa peau. Ils roulaient d'un bout à l'autre du lit, presque bestialement, tout à leur désir de se prodiguer l'un l'autre un maximum de plaisir. Ils s'embrassaient, se touchaient, se caressaient, enivrés par l'odeur de leurs corps entremêlés.

Impatiente, elle finit par s'arracher à leur baiser.

— S'il te plaît, Rocco. J'ai besoin de toi…

Ses mots parurent déclencher quelque chose en lui. Il tendit le bras à tâtons vers la table de nuit, ouvrit le tiroir et en sortit un préservatif. En un tournemain, il l'avait mis en place et s'était repositionné sur elle. Il plongea les doigts dans ses cheveux, l'obligeant à lever la tête. Alors, les yeux dans les siens, il la pénétra. Pendant cinq bonnes secondes, Mia trembla violemment, terrassée par un raz-de-marée de sensations comme Rocco s'enfonçait tout entier en elle.

— *Dio mio*, tu es fabuleuse !

Elle ne lui retourna pas le compliment. Elle ne pouvait que gémir tandis qu'il bougeait en elle, emportée dans un tourbillon incontrôlable. Chaque nouveau coup de reins la poussait vers de vertigineux sommets. Elle convulsait et lui labourait sauvagement le dos. Le plaisir s'insinuait dans la moindre cellule de son corps, dissolvait tout son être pour mieux le réinventer. Seigneur, sa mémoire avait-elle flanché ces dernières années ? Ce qu'elle vivait en cet instant était sublime, mille fois plus bouleversant que dans ses souvenirs.

Pour quelqu'un à deux doigts de perdre le contrôle lorsqu'elle l'avait déshabillé, Rocco semblait avoir repris du poil de la bête. À plusieurs reprises, il la propulsa aux frontières de l'extase, seulement pour ralentir au dernier moment, les lèvres scellées aux siennes. Dès que la vague retombait, il reprenait de plus belle. Mia était certaine de l'avoir griffé jusqu'au sang. Sa gorge était à vif à force de crier de plaisir.

— Je t'avais bien dit que tu me supplierais, murmura-t-il alors qu'elle vacillait une fois de plus au bord de l'abîme.

— Oui, tu as gagné, admit-elle. S'il te plaît…

Mais il ne fit pas mine d'accéder à sa demande.

— Cela change tout entre nous. Tu le sais, n'est-ce pas, *mio moglie* ?

Il profitait de son avantage. Et Mia n'en avait que faire. Elle avait besoin de lui, maintenant.

— Oui ! cria-t-elle.

— Alors nous sommes d'accord ? Plus de chambres séparées ?

Mia serra les genoux autour de ses cuisses et se frotta désespérément contre lui.

— Plus de chambres séparées, acquiesça-t-elle dans un gémissement.

Une lueur de triomphe illumina ses yeux bleus. Ses dernières miettes de sang-froid s'évanouirent et il intensifia ses va-et-vient, le désir gravé sur ses traits. Enfin, il leur accordait la délivrance tant attendue ! Mia bascula la première. Le monde cessa d'exister comme elle s'abandonnait tout entière à l'orgasme le plus inouï qu'elle ait jamais connu.

Un long râle rauque perça le brouillard embrumant ses sens, et Rocco la rejoignit dans la jouissance.

En sueur, le cœur battant, ils s'effondrèrent dans les bras l'un de l'autre. Rocco imprima un baiser sur sa tempe tandis qu'ils reprenaient peu à peu leur souffle. Mia savait qu'elle devait bouger. Mettre de la distance entre eux. Mais elle n'en avait pas l'énergie. Quand il roula sur le dos en l'entraînant dans le mouvement, elle se laissa faire et se lova contre lui, la tête posée sur son torse. Sa voix profonde résonna sous sa joue lorsqu'il rompit le silence :

— Par décence, je devrais te reposer ma question, maintenant que tu ne crains plus d'être privée d'orgasme…

— Es-tu capable de décence ? ironisa-t-elle.

— Tout dépend de ta réponse. Si elle n'a pas changé, oui.

Sa raison l'exhortait à revenir sur sa promesse, donnée dans les affres du plaisir. Mais elle se savait déjà vaincue. Sur le plan physique, ils étaient tous les deux à la merci de cette irrésistible alchimie entre eux. Les sentiments n'y avaient pas leur place. Tant que le désir était là, pourquoi ne pas y donner libre cours ?

— Tu avais raison, *caro*. Ce qu'il y a entre nous ne disparaîtra pas comme par magie.

Un sourire victorieux éclaira les traits de Rocco.

— Ravi que nous soyons d'accord.

Elle aurait pu en rester là et simplement savourer ce moment de détente. Mais non, c'était plus fort qu'elle. La question qui la taraudait jaillit de ses lèvres :

— Est-ce pour cela que tu en veux à tes parents ? À cause de leur indifférence ?

Le corps de Rocco se crispa contre le sien. En une demi-seconde, il s'était refermé comme une huître.

— Quelle importance ? maugréa-t-il.

— J'ai envie de savoir.

— Pourquoi ? Pour compléter ta petite enquête de faisabilité sur moi ?

Son âpreté lui vrilla la poitrine.

— S'il te plaît, ne commence pas…

Un long silence s'installa. Lorsqu'il se tourna finalement vers elle, la douleur dans son regard lui noua la gorge.

— À sa mort, mon grand-père a légué une somme confortable à *nonna*, commença-t-il en jouant distraitement avec ses cheveux. Elle n'aurait plus eu de souci à se faire pour le restant de sa vie. Mais mon père a promis de la faire doubler si elle la lui confiait. Un an plus tard, *nonna* était ruinée. Il s'est alors mis en tête de compenser ses pertes. Il a fait les mêmes promesses à ma mère et dilapidé son héritage de la même façon. Le cycle a continué à se répéter.

Sa voix se teinta d'amertume.

— Avoir un enfant était un fardeau pour eux. Ils m'ont abandonné chez *nonna*. Après cela, je ne les ai plus vus qu'une ou deux fois par mois. Mon père prétendait être débordé. Il allait conquérir le monde et regagner tout ce qu'il avait perdu, affirmait-il. Bien sûr, je ne figurais nulle part dans ses projets. Souvent, je me demandais pourquoi il me torturait avec ses visites alors qu'il était évident qu'il aurait préféré être ailleurs.

— Rocco…

Il coupa court à son élan de compassion.

— Ils sont morts quand j'avais sept ans. Dès que la police est arrivée, j'ai compris. Je me suis persuadé que cela m'était égal.

— Mais tu étais si jeune…

Il leva les yeux au plafond, sans cesser de lui caresser les cheveux.

— Peu importe. *Nonna* m'a donné tout ce dont j'avais besoin et même plus.

— Une grand-mère ne remplace pas des parents, objecta Mia avec douceur. Ce sont eux qui t'ont mis au monde. Crois-moi, je sais ce que c'est de se sentir seul et indésirable.

Le regard de Rocco revint sur elle.

— Tu parles de ta mère ? Raconte-moi.

Mia déglutit face à ces souvenirs pénibles.

— Elle est tombée enceinte alors qu'elle était encore étudiante. Elle voulait devenir médecin. Mais difficile de joindre les deux bouts quand on est une jeune mère célibataire sans revenus. Alors elle a renoncé à ses projets, réduite à enchaîner les petits boulots ingrats. Elle m'en a toujours voulu.

Rocco fronça les sourcils.

— Et ta grand-mère, dans tout cela ?

— Absente. J'ignore pourquoi, mais ma mère refusait toute aide. Elles se sont disputées au sujet de mon éducation et ne se sont jamais réconciliées. Pour ma mère, j'étais responsable de tout. C'était ma naissance qui avait gâché sa vie.

— Est-ce pour cela que tu ne voulais pas d'enfants ? demanda Rocco.

Mia se raidit.

— Je n'étais pas prête à sauter ce pas, Rocco. C'était une question de timing, rien d'autre.

Un silence tomba, rompu par un juron étouffé de Rocco.

— Rien de tout cela n'a plus d'importance, *sì* ? dit-il d'un ton bourru.

Un poids s'envola de la poitrine de Mia.

— Non. À la seconde où il est né, Gianni est devenu ma raison d'être.

Et elle s'était juré de devenir une meilleure mère que la sienne l'avait été pour elle.

— Il me donne envie de faire les choses différemment, murmura Rocco.

Le cœur de Mia se gonfla d'espoir. Ses mots reflétaient si parfaitement ses propres pensées ! Elle hocha la tête, trop émue pour parler. Au même instant, l'avion fit une embardée. Rocco roula sur elle, en appui sur ses coudes. Visiblement, la discussion à cœur ouvert était terminée. La vulnérabilité qu'elle avait décelée dans ses yeux lorsqu'il avait évoqué ses parents avait disparu. Le mâle alpha était de retour, maître de lui-même – et d'elle aussi.

— À vue de nez, nous devrions atterrir d'ici une demi-heure. Cela nous laisse juste le temps.

— Le temps de quoi ?

Un sourire suggestif étira ses lèvres.

— Laisse-moi te montrer.

Et c'est exactement ce qu'il fit. Ses cris de plaisir résonnèrent dans toute la carlingue tandis que l'avion effectuait sa descente. Après quoi, ils n'eurent que le temps d'une douche éclair avant que le jet atterrisse.

Mia rendossa son rôle d'ingénieur comme si elle n'avait jamais quitté Vitelli Construction. La visite du site se passa sans heurts et confirma ses premières estimations. Elle se conclut par la signature des accords prévus. C'est à peine si elle vit passer les trois jours suivants, entre les réunions et les dîners avec divers dignitaires de la ville. Les nuits, en revanche… Le sexe avec Rocco l'émerveillait à chaque fois. Gianni lui manquait, bien sûr. Mais les appels vidéo organisés par Rocco aidaient à supporter la séparation.

La veille de leur départ, ils se préparaient pour un dîner avec d'autres clients quand Rocco s'excusa : il avait un appel. Mia acquiesça distraitement, concentrée sur son reflet dans le miroir. Le fourreau de soie sans manches couleur prune, acheté dans la boutique huppée de l'hôtel à l'insistance de Rocco, lui allait à ravir. Mais plus que l'effet de la robe, c'est l'éclat pétillant de ses yeux qui la frappa. Son teint resplendissant La courbe voluptueuse de ses hanches.

La métamorphose était spectaculaire. Cela ne faisait-il vraiment que deux semaines qu'elle était revenue dans la vie de Rocco ? Comme elle l'avait redouté, tout allait trop vite. Cela avait toujours été ainsi avec lui. Le quotidien à ses côtés était un tourbillon permanent qui vous emportait sans qu'on maîtrise plus rien. La preuve, elle avait déjà renoncé à ne pas partager son lit. Sur quoi d'autre céderait-elle ? Qui sait même combien de temps le tourbillon durerait ?

Tourmentée par ces questions, elle enfila ses escarpins, s'empara de sa pochette et gagna le salon de la suite présidentielle où ils logeaient. Presque aussitôt, elle repéra Rocco arpentant le balcon, son portable vissé à l'oreille. Rien d'étrange à cela. Mais quelque chose clochait. Même de loin, elle percevait son extrême tension. Le claquement de ses talons l'alerta de son arrivée. Lorsqu'elle ouvrit la porte-fenêtre, il avait raccroché.

— Tout va bien ? s'enquit-elle.

— *Ovviamente.*

Son ton était brusque. Le bras qu'il lui tendit, guindé.

— Allons-y. Ne soyons pas en retard.

Durant tout le dîner, il se comporta en hôte irréprochable. Mais impossible d'ignorer ses fréquents regards dans sa direction, aussi furtifs qu'hermétiques. Le malaise de Mia ne cessait de grandir. Elle avait besoin de tirer cette affaire au clair, et le plus tôt serait le mieux. Hélas, Rocco avait d'autres projets. Alors que tous terminaient leurs cafés en fin de repas, Rocco s'adressa à leurs clients :

— J'aimerais initier Mia à la vie nocturne de Macau avant notre retour. Que diriez-vous de vous joindre à nous ? proposa-t-il.

Mia ne put dissimuler sa stupeur.

— Vraiment ?

Les soirs précédents, il n'avait eu qu'une idée en tête : la ramener à leur suite – et dans leur lit – sitôt la journée terminée.

— Cela fait trois jours que nous ne faisons que travailler. Tu mérites de t'amuser un peu, *cara*. Sinon, qu'allons-nous raconter à *nonna* ?

C'est vrai, elle avait presque oublié. Ce voyage d'affaires

était aussi censé être leur lune de miel. Côté sexe, elle avait été comblée. Mais ce n'était pas le genre de détail qu'on partageait avec sa belle-mère. Elle accepta donc à contrecœur.

C'est ainsi que vingt minutes plus tard la limousine déposait leur petit groupe devant un vertigineux gratte-ciel abritant un casino de luxe, l'un des nombreux ayant valu à Macau le surnom de Vegas de l'Orient. Le propriétaire en personne vint les accueillir à leur arrivée. Peu après, Rocco, muni d'une impressionnante pile de jetons, investissait la table de black jack dans la section VIP du casino.

Mia demeurait bouche bée devant les milliers de dollars passant de main en main au gré d'une simple distribution de cartes. Même à ce jeu de hasard, son mari sortait le plus souvent gagnant. Une prouesse qui avait attiré autour de lui une petite foule admirative. Rocco n'en avait cure, un bras passé possessivement autour de sa taille tandis qu'il manipulait ses cartes avec l'abandon des riches et puissants.

Ce n'est que lorsqu'il la surprit à réprimer un énième bâillement qu'il se décida à quitter la table de jeu.

— Mon porte-bonheur pique du nez, déclara-t-il en déposant un baiser sur sa tempe.

Au milieu des rires bon enfant, ils quittèrent le casino. Mille questions se bousculaient dans la tête de Mia. Mais maintenant qu'ils étaient seuls dans la limousine, Rocco en profita pour l'attirer sur ses genoux. Sa bouche bâillonna la sienne avant qu'elle ait eu le temps de prononcer un mot. La fièvre monta crescendo jusqu'à leur arrivée à l'hôtel. À peine franchissaient-ils le seuil de leur suite qu'il la soulevait dans ses bras dans un élan de passion. Une heure plus tard, trop épuisée pour une discussion sérieuse, Mia sombrait dans un sommeil comblé.

Rocco contemplait sa femme endormie, rongé par la culpabilité. L'appel reçu avant le dîner avait eu sur lui l'effet d'un tremblement de terre.

Alessandro était bien l'instigateur du complot contre

Mia. Il avait tout fait pour lui dissimuler l'existence de son fils, tout en enterrant sa fiancée sous une plainte frauduleuse. Rocco avait passé le dîner à ruminer cette odieuse découverte. Son propre cousin ! Et pour quoi ? Par soif de pouvoir ? N'avait-il pas offert à Alessandro les meilleures opportunités du monde ? Quelle menace celui-ci avait-il vue en Mia pour tomber aussi bas ?

Torturé par ces questions, il se leva et s'isola dans le salon, où il se mit à faire les cent pas. Bientôt, une décision s'imposa à lui. Il n'en parlerait pas à Mia. Pas tout de suite. Il venait tout juste de la ramener dans sa vie, avec leur fils. Lui confesser la vérité, c'était prendre le risque de tout perdre. Et cela, il ne le supporterait pas.

Ces deux dernières semaines, il avait réalisé combien sa relation avec Mia lui avait manqué. Sur le plan physique, bien sûr, mais aussi professionnel. Elle était un ingénieur brillant, dont le regard novateur bénéficiait à ses projets. Depuis leur arrivée à Macau, clients et collaborateurs ne tarissaient pas d'éloges à son sujet. Elle s'était réapproprié sa carrière, injustement interrompue, avec une aisance qui forçait le respect.

Tout ce que je veux, c'est être innocentée et reprendre le cours de ma vie.

Non, il ne la laisserait pas lui filer entre les doigts. Peut-être était-ce hypocrite de sa part et en paierait-il le prix. Mais il verrait cela plus tard. Lorsqu'il aurait consolidé leur arrangement, avec un peu de temps et… Et quoi ? La promesse d'une vie meilleure ? Pourquoi pas ? Son fils était heureux. *Nonna* aussi. Quant à lui…

Il devait l'admettre : le retour de Mia dans sa vie lui apportait une immense satisfaction. Était-ce cela, être heureux ? Seul l'avenir le lui dirait.

Sa décision prise, il retourna se coucher auprès de Mia, qui se blottit d'instinct dans ses bras. Là où était sa place. Et il comptait bien l'y garder. Un jour, quand il jugerait le moment opportun, il lui avouerait tout.

11.

Mia avait la tête qui tournait, submergée par l'atmosphère autour d'elle. Les week-ends de Formule 1 à Monaco étaient un concentré de glamour et d'ostentation. Avec un tel nombre de milliardaires au mètre carré, dont Rocco faisait partie, la flatterie allait bon train. Cela frôlait l'indécence. Mais elle survivrait. Le sourire extatique de Gianni en valait la peine.

Le petit garçon avait bondi de joie quand son père lui avait annoncé la nouvelle : en cadeau d'anniversaire, il aurait accès au très exclusif Paddock Club de Monte-Carlo. À vrai dire, depuis que Rocco était entré dans sa vie, il ne se passait pas un jour sans que Gianni soit à la fête. Fidèle à son vœu d'être un père différent du sien, Rocco entourait son fils d'affection. Leur amour commun pour les voitures de course avait encore resserré leurs liens.

— *Papà*, regarde ! s'exclama Gianni en désignant un énième bolide.

Perché sur les épaules de son père, il n'en perdait pas une miette, des étoiles dans les yeux.

— J'ai vu, *mio figlio.*

Rocco adressa un sourire complice à Mia. Des papillons s'envolèrent dans son ventre. Elle qui avait cru que ses fiançailles avec Rocco autrefois étaient la plus belle période de sa vie… Elle se trompait.

À son réveil, le matin de leur départ de Macau, elle avait découvert un homme changé. Ses multiples attentions envers elle et Gianni, ses démarches pour faciliter son retour au sein de Vitelli Construction, l'avaient surprise et touchée. Très vite, elle avait retrouvé l'estime de ses collègues au sein de leur équipe. Son existence avait effectué un véritable virage à cent quatre-vingts degrés.

Seule ombre au tableau : l'identité de celui qui avait saboté sa vie demeurait un mystère. Pour un homme exigeant une réponse à tout, Rocco ne semblait guère pressé de connaître le fin mot de l'histoire. Comment l'en blâmer, avec son propre cousin comme principal suspect ? Mais l'incertitude pesait à Mia. Tant que cela ne serait pas réglé, sa vie, lui semblait-il, resterait en suspens.

— *Papà ?*

— *Sì, caro ?*

— Je peux avoir une voiture de course ? demanda Gianni en désignant une flamboyante Ferrari rouge.

— Peut-être pas celle-là, mais…

Elle s'éclaircit la gorge et lui lança un regard en biais.

— Nous en reparlerons quand tu seras plus grand, termina Rocco avec un sourire penaud.

— Beaucoup, *beaucoup* plus grand, renchérit Mia.

Le rire de Rocco résonna chaudement dans sa poitrine. Elle vivait pour ce rire. Pour lui tout entier. Ce qu'elle éprouvait à l'époque n'était rien comparé à aujourd'hui. Autant se rendre à l'évidence : quelque part au-dessus de l'océan Indien à leur retour de Macau, elle était tombée amoureuse. Hélas, impossible de deviner ce que lui ressentait. Il semblait satisfait de leur vie ensemble. Le sexe était fabuleux. Gianni s'épanouissait. La santé de Caterina s'améliorait de jour en jour. Pourtant, quelque chose clochait, sans qu'elle parvienne à mettre le doigt dessus.

Mia alla se chercher une eau minérale, tandis que Rocco et Gianni se postaient à la tribune pour suivre la course. De là où elle se tenait, elle vit plusieurs jeunes femmes approcher Rocco, toutes froidement éconduites. Les pauvres ! Elles ignoraient que personne ne s'intercalait entre lui et son fils.

Cela s'appliquait-il à elle aussi ? Ou vivait-elle en sursis jusqu'à ce que tombe le verdict de sa culpabilité ou de son innocence ?

Tourmentée par ces questions, Mia éprouva le besoin d'aller se rafraîchir. Mais lorsqu'elle sortit des toilettes, une mauvaise surprise l'attendait en la personne d'Allegra Vitelli. Quelle n'avait été sa stupeur en apprenant, de retour de Macau, que la jeune femme avait déménagé ! Rocco, en revanche, était resté de marbre, à tel point qu'elle s'était demandé s'il n'y était pas pour quelque chose. Elle n'avait pas creusé davantage, trop heureuse d'être débarrassée de l'encombrante veuve.

— Je me disais bien que c'était toi, lança Allegra, venimeuse. Tu jures tellement qu'on te repère à des kilomètres.

— Tu aurais dû passer me dire bonjour. Je jure, mais je ne mords pas, repartit Mia.

Les yeux de la veuve lancèrent des éclairs.

— Je ne me mêle pas aux péquenauds dans ton genre.

— Dans ce cas, je ne te retiens pas.

— Oh ! je m'en vais, sois-en sûre. Mais avant, je tiens à éclairer ta lanterne.

— À quel sujet ?

— Ne t'es-tu pas demandé pourquoi j'avais quitté Palerme du jour au lendemain ?

Si, bien sûr. Mais elle ne lui ferait pas le plaisir de le lui confirmer.

— Je vais te le dire, continua Allegra devant son silence. Figure-toi que ton mari m'a grassement payée. Trois millions d'euros, pour être exacte.

Mia sentit une sueur froide perler à son front.

— Pourquoi aurait-il fait cela ?

— Pour acheter mon silence, bien sûr ! Mais vois-tu, je n'ai plus besoin de l'argent des Vitelli.

Elle brandit sous son nez un solitaire de la taille d'un œuf. Un rictus suffisant souleva ses lèvres.

— Je suis fiancée à un charmant comte français et sur le point de m'installer en France. Je n'ai plus rien à perdre.

— Que veux-tu dire ? bredouilla Mia, de moins en moins sûre de vouloir connaître la réponse.

— C'est simple. Tu mérites de savoir ce que te cache ton mari. Et de souffrir comme ton retour m'a fait souffrir.

— J'ignorais t'avoir fait du tort…

— Oh ! épargne-moi ton numéro de sainte-nitouche ! s'écria Allegra. Qui a remué la boue et sali mon Alessandro ? Qui est réapparue avec un gosse sous le bras pour me voler Rocco ?

Mia laissa échapper une exclamation incrédule.

— Toi et Rocco ? Tu n'es pas sérieuse !

— Nous ne le saurons jamais, n'est-ce pas ?

— Quelle était la contrepartie du paiement ? demanda Mia.

Allegra eut un sourire mauvais.

— Me taire, quoi d'autre ? J'ai entendu les rumeurs et fait quelques recherches. Alessandro a pris des mesures pour empêcher Rocco de commettre une erreur avec toi ? Et alors ? Tu n'étais qu'une profiteuse. L'enfant dont Rocco croit être le père pourrait être de n'importe qui.

Le cœur de Mia se glaça de rage.

— Tu oses justifier que ton mari ait détruit ma vie ? riposta-t-elle. Et pour quoi ? Une meilleure position chez Vitelli Construction ? Je n'étais pas une menace.

— Pas encore. Mais tu avais la confiance de Rocco.

— Et cela lui a fait peur au point de déposer une fausse plainte ?

Le mépris déforma les traits d'Allegra.

— Il a fait ce qu'il avait à faire pour protéger sa position et sa famille. Tu en aurais fait autant.

— Bien sûr que non ! Qu'as-tu à gagner à me raconter cela ?

La jeune veuve leva le menton en signe de triomphe.

— Tout le monde mérite de connaître la vérité. Ton mari te la cache depuis des mois. Va savoir pourquoi…

Sur ces mots, elle tourna les talons, indifférente au fait d'avoir anéanti son bonheur. Exactement comme son mari avant elle.

Mia quitta le Paddock Club dans un état second, après avoir laissé un mot à Rocco l'informant qu'elle rentrait à l'hôtel. Dans leur suite, elle se mit à faire les cent pas sans parvenir à se calmer. Il savait qu'elle était innocente et ne lui avait rien dit. Pourquoi ? La porte s'ouvrit brusquement et Rocco fit irruption, comme surgi de ses pensées. Gianni n'était pas avec lui.

— Sophia l'a emmené manger une glace, expliqua-t-il, devançant sa question.

Sophia était la nourrice engagée un mois plus tôt.

— Tu sais tout, l'accusa-t-elle.

Il acquiesça.

— Je suis tombé sur Allegra. Ou plutôt, c'est elle qui m'est tombée dessus. Mia…

— Pourquoi ?

Il passa nerveusement la main dans ses cheveux.

— Tu m'avais répété que tu voulais tourner la page sur cette histoire et aller de l'avant…

— Est-ce répréhensible ?

— Non ! Simplement… Je ne pouvais pas prendre le risque que tu ailles de l'avant sans moi.

Les mots semblaient lui être arrachés de la gorge. Mais Mia n'était pas d'humeur à se laisser amadouer.

— Alors tu as préféré laisser ces accusations planer au-dessus de ma tête ? s'écria-t-elle avec colère.

— Qu'aurais-tu fait si je t'avais tout dit lors de notre dernière soirée à Macau ?

Mia écarquilla les yeux.

— Tu es au courant depuis tout ce temps ?

Rocco eut une grimace embarrassée.

— *Sì.*

Le sol parut se dérober sous ses pieds. Elle s'écroula sur un canapé et secoua la tête.

— Je ne sais pas, Rocco. Nous ne le saurons jamais puisque tu ne m'as rien dit. Cela t'amusait de m'obliger à faire mes preuves et m'aplatir sur tout pour regagner ta confiance ?

— Tu te trompes, rétorqua Rocco. Je craignais seulement de te perdre !

— Perdre l'accès à ton fils, oui.

— Non, protesta-t-il. C'est à toi que je pensais, pas à Gianni. C'est *toi*, Mia, qui m'est devenue aussi vitale que l'air que je respire…

Mia l'interrompit d'un geste tranchant.

— Je ne te crois pas. Tu l'as dit toi-même, tu gagnes toujours. La culpabilité d'Alessandro te mettait en position de faiblesse, alors tu m'as caché la vérité. C'est aussi simple que cela.

— En découvrant que mon propre cousin était le coupable, j'ai eu honte, avoua Rocco, la voix empreinte de remords. Il m'a planté un couteau dans le dos tout en jouant les collaborateurs dévoués, et c'est toi qui en as le plus souffert. Je suis sincèrement désolé, Mia. *Sono così dispiaciuto.*

Il fit un pas vers elle, presque implorant. Mia sentait ses défenses s'émietter. Elle s'obligea à reculer. Elle ne pouvait se permettre de fléchir.

— Arrête.

Pour la première fois, la peur se lisait sur le visage de Rocco. Elle le vit s'efforcer de respirer calmement, devina l'effort qu'il lui en coûtait de rester immobile tandis qu'elle continuait à s'éloigner. Mais lorsqu'elle posa la main sur la poignée de la porte, sa voix s'éleva dans son dos :

— Où vas-tu ?

Elle ne se retourna pas.

— J'ai vécu dans la peur et l'incertitude pendant trois

ans, dit-elle. À ton tour. La différence est que tu ne peux t'en prendre qu'à toi-même.

Rocco nageait en plein cauchemar. Quel *bastardo* ! Cela lui apprendrait à vouloir manipuler la vie des autres à sa guise. À la seconde où Allegra l'avait approché avec son air supérieur, il avait compris. L'heure était venue de payer pour son arrogance.

Il avait menti à la seule femme qu'il n'avait jamais réussi à oublier. Celle qui avait ravi son cœur. Tout cela pour la retenir plus longtemps auprès de lui qu'il ne le méritait. Au fond, il le savait depuis le début. Il ne pouvait pas vivre sans elle. Sans Mia, il n'était rien.

L'heure suivante fut un supplice. Chaque seconde qui s'écoulait lui paraissait être sa dernière. Elle lui avait clairement signifié de ne pas la suivre. Mais était-il vraiment prêt à renoncer à elle ? Il était du genre à agir, pas à attendre que les solutions se présentent d'elles-mêmes. Son instinct prit les commandes. Il se précipita hors de la chambre… et s'arrêta net.

Mia était assise dos au mur à côté de l'ascenseur, le visage enfoui entre ses bras. Lentement, elle releva la tête. Peine et déception se lisaient dans son regard.

— Tu as très mal agi, Rocco.

— *Sì*, je sais.

Les larmes dans ses captivants yeux verts lui donnaient envie de se gifler.

— Tu m'as fait beaucoup de mal…

La panique gagna Rocco. Les regrets ne suffiraient pas. C'était maintenant que tout se jouait, et il devait plus que jamais gagner. Risquant le tout pour le tout, il marcha droit sur elle et la souleva dans ses bras. Il eut le temps de la ramener dans leur suite avant qu'elle se libère en se tortillant et place toute la longueur du salon entre eux.

— Je te promets de ne plus jamais te faire de mal…

— Je ne veux pas de tes promesses, le coupa-t-elle. Comment pourrais-tu les tenir si tu n'as pas confiance en moi ?

— J'ai confiance, Mia. Déjà à Londres, certains comportements d'Alessandro me sont revenus en mémoire et m'ont mis le doute. Quand tu m'as demandé de te croire dans l'avion, j'ai su que tu étais innocente. Mais notre mariage était encore si neuf… Ce que je ressentais pour toi me dépassait. Ce n'est pas une excuse, bien sûr. Tout ce que je te demande est une chance de me racheter.

Elle essuya une larme sur sa joue. Ce geste lui vrilla le cœur. *Dio mio*, qu'avait-il fait ?

— Comment ? demanda-t-elle.

— À partir de maintenant, c'est moi qui devrai faire mes preuves. Je suis prêt à tout, tant que tu ne me quittes pas.

— Et si c'est justement ce que je veux ?

Une sueur glacée coula entre ses omoplates.

— Est-ce le cas ? s'enquit-il.

Elle ne répondit pas, mais il surprit son index caressant son alliance. L'espoir reprit vie dans sa poitrine.

— Ce que je veux est impossible, murmura-t-elle.

— Rien n'est impossible, *amore*. Dis-moi.

Devant son silence, il continua :

— Alors laisse-moi le dire pour toi. Tu veux être aimée. *Ti amo tanto, mio preciozo !* Je ne connaissais rien à l'amour. C'est toi qui me l'as fait découvrir et même alors, je suis resté aveugle. Aujourd'hui, je sais ce que je ressens. Peut-être commettrai-je encore des erreurs. Mais je t'aimerai toujours.

— Oh ! Rocco.

La voix de Mia se brisa. *Sì*, il était vraiment un *bastardo* car c'était le plus beau son qu'il ait jamais entendu. Incapable de résister plus longtemps, il traversa la pièce et la serra contre lui. Pour son plus grand bonheur, elle enroula les bras autour de son cou. Ils s'embrassèrent avec fougue, encore et encore. Quand leurs lèvres se séparèrent, un sourire flottait sur celles de Mia.

— Tu sais que tu vas devoir tenir ta promesse, maintenant ?

— C'est la moindre des choses, *amore mio.*

Il pressa son front contre le sien, savourant pleinement l'instant. Mia était *sa* femme, et elle était là, dans ses bras. Avec lui.

— Si nous allions retrouver notre fils ? lança-t-elle.

— Pas avant que j'aie prouvé à sa mère combien je l'aime.

Le sourire radieux qu'elle lui décocha lui coupa le souffle.

— Je ne dis pas non.

Il la souleva dans ses bras telle une jeune mariée et se dirigea vers la chambre. Alors qu'il franchissait le seuil, elle plaça une main contre son cœur.

— Rocco ?

— Oui, *il mio cuore* ?

— Juste pour qu'on soit quittes… Je t'aime aussi.

Épilogue

Cinq ans plus tard

Le *clic* d'un appareil photo tira Mia de sa sieste au soleil. Un sourire se forma sur ses lèvres lorsqu'elle ouvrit les yeux.

— Je vais finir par te faire payer des droits sur toutes ces photos que tu prends de moi.

Sa menace ne dissuada nullement Rocco, qui continua à la photographier sous toutes les coutures.

— Ton prix sera le mien, *amore*. Je ne discuterai pas.

Son regard erra sur ses cheveux détachés, son visage vierge de tout maquillage, puis descendit vers son ventre arrondi. Il était capable de l'admirer pendant des heures si elle le laissait faire.

À huit mois de grossesse, Mia restait volontiers à paresser en attendant l'arrivée de leur troisième enfant. Rocco immortalisait chaque instant de leurs vacances d'été, y compris ce pique-nique sur la plage privée de leur villa de Palerme. Il se pencha et déposa un baiser sur son front. Puis un autre sur sa tempe, sa joue, au coin de sa bouche. Son regard enflammé se planta dans le sien.

— Ce doit être mon côté primitif, mais je te trouve encore plus belle ainsi, avec notre bébé blotti au creux de ton ventre, murmura-t-il d'une voix rauque.

Le baiser qui suivit se prolongea, de plus en plus langoureux. Mia le rompit à contrecœur avec un regard vers la plage.

— Doucement. Tu risques de choquer les enfants, plaisanta-t-elle.

Il suivit son regard par-dessus son épaule. Non loin, Gianni apprenait patiemment à sa petite sœur de trois ans, Luciana, à construire un château de sable.

— D'accord, je me retiens. Pour le bien des *bambini*, grommela-t-il.

Mia éclata de rire. En l'entendant, les enfants levèrent la tête et rirent aussi. Rocco brandit aussitôt son appareil photo pour les mitrailler. Mia poussa un soupir de contentement, une main posée sur son ventre.

Depuis plus de cinq ans qu'ils étaient mariés, Rocco et elle vivaient un bonheur sans nuages. Un seul épisode était venu troubler leur quiétude. Plaquée par son fiancé, Allegra avait décidé de vendre les prétendus secrets des Vitelli à un tabloïd. Selon elle, Mia avait eu maille à partir avec son défunt mari, raison pour laquelle elle, Allegra, avait été désavouée par les Vitelli. Rocco, prêt à tout pour défendre l'honneur de Mia, avait donné une interview exclusive à la télévision afin de rétablir la vérité. En conclusion, il lui avait présenté ses plus sincères excuses devant le monde entier. Ce n'est qu'alors qu'elle avait réalisé combien elle avait eu besoin de ce geste. Leur amour en était sorti encore grandi.

Rocco entremêla ses doigts aux siens. Son regard s'emplit de fierté quand le bébé donna un coup sous leurs mains jointes.

— Plus de photos, s'il te plaît, murmura-t-elle. Reste un moment avec moi.

— Tout ce que tu veux, *il mio cuore*.

Peut-être étaient-ce les hormones. Ou le trop-plein d'émotion face à ce bonheur si parfait. Les larmes montèrent aux yeux de Mia.

— Tu as tenu ta promesse, Rocco.

Il arqua un sourcil perplexe.

— C'est-à-dire ?

— Chaque jour, tu me fais sentir que je compte, et nos

enfants aussi. Tu as fait de nous le centre de ton existence. Si tu savais comme je t'aime pour cela !

Il lui sourit avec tendresse. Était-ce elle ou ses yeux s'étaient-ils embués, eux aussi ?

— Une promesse est une promesse, *amore mio.* Je continuerai à la tenir, dans cette vie et la suivante, car tu es mon tout. Je ne peux pas vivre sans toi.

Ne manquez pas dès le mois
prochain dans votre collection

AZUR

le premier tome de la nouvelle série :

La Couronne d'Axios

Leur couronne leur confère le pouvoir de régner mais aussi le devoir de se marier !

Un roman inédit chaque mois de juillet à août 2021

Retrouvez prochainement, dans votre collection

AZUR

Le jeu d'une amoureuse, de Pippa Roscoe - N°4356

Quatorze jours. C'est le délai dont Sia dispose pour prouver que le duc Sebastian Rohan de Luen a dérobé une célèbre toile avant de la remplacer par un faux. L'enjeu est de taille, puisque la carrière et la réputation de Sia sont en jeu : c'est elle en effet qui a expertisé la Femme amoureuse pour la Maison d'art Bonnaire ! Hélas, bien que Sebastian lui soit manifestement nocif, elle éprouve en sa présence des émotions intenses. Des sentiments dangereux qui pourraient bien altérer son jugement, si elle n'y prend pas garde…

L'enfant d'un prince du désert, de Sharon Kendrick- N°4357

Caitlin est sous le choc quand elle voit débarquer chez elle le roi Kadir al-Marara. Si tous deux ont eu une liaison quatre ans plus tôt, elle le croyait sorti de sa vie pour toujours. Hélas, son pire cauchemar est en train de se réaliser : Kadir a découvert son secret – le petit garçon né de leur amour impossible. Et il exige aujourd'hui d'emmener avec lui son héritier ! La peur au ventre et craignant d'être séparée de Cameron, Caitlin accepte de suivre Kadir dans ce pays de sable dont son enfant sera un jour le roi…

Contrat avec un milliardaire, de Michelle Smart - N°4358

Alors qu'elle se rend à une audition, Mia découvre avec stupeur qu'elle est la seule candidate. Mais sa surprise grandit encore quand l'homme sublime qui la reçoit, Damiàn Delgado, lui propose un rôle sur mesure : incarner sa fiancée le temps d'un week-end. Si elle parvient à convaincre la famille de Damiàn qu'elle est follement amoureuse de lui, elle touchera une fortune ! Incapable de refuser une offre aussi généreuse, Mia accompagne Damiàn dans la principauté de Monte Cleure…

Une farouche princesse, de Millie Adams - N°4359

L'objectif du prince Javier de la Cruz est simple : ramener Violet King dans son pays, où elle épousera son frère. Seulement voilà, la belle héritière s'y oppose catégoriquement, pour la bonne raison que ce mariage a été négocié par son père sans même qu'elle soit mise au courant. Mais il y a pire encore : à peine Javier pose-t-il les yeux sur la farouche jeune femme qu'il sent un désir fulgurant l'assaillir. Alors qu'il brûle de conquérir Violet, comment accepter qu'elle puisse bientôt appartenir à un autre ?

Le mariage de Dora, de Louise Fuller - N°4360

Dora aime plus que tout le petit Archie, dont elle est aujourd'hui la tutrice. Le bébé est en effet sa seule famille. Aussi, quand l'impitoyable Charlie Law revendique la garde de l'enfant, est-elle prête à se battre contre lui. Une bataille qu'elle redoute de perdre, hélas, tant les moyens du milliardaire sont vastes, comparés aux siens. Désespérée, elle se résout à accepter le marché insensé que lui propose bientôt Charlie : elle pourra faire partie de la vie d'Archie… à condition de l'épouser !

Tentation grecque, de Michelle Douglas - N°4361

La mer, les fleurs odorantes, le chant des oiseaux… L'île grecque sur laquelle séjourne Audra est le cadre parfait pour se ressourcer et panser ses blessures. Du moins le croit-elle, car bientôt surgit dans sa villa Finn Sullivan, le meilleur ami de son frère. Si elle l'accueille bien volontiers sous son toit, elle redoute déjà leur cohabitation. Tous deux se connaissent si bien, trop bien. Mais pas encore assez, si Audra en croit le désir inouï qui rugit dans ses veines chaque fois que Finn s'approche d'elle…

Le séducteur de Bollywood, de Tara Pammi - N°4362

SÉRIE : *PASSION À BOLLYWOOD* - 1/2

Vikram est l'acteur le plus en vogue de Bollywood ; Naina, la modeste assistante qui travaille dans sa somptueuse propriété de Raawal Mahal. Mais, au cours d'un bal masqué, tous deux ne sont brusquement plus qu'un homme et une femme en proie au désir. Une danse, une nuit d'amour, et les voilà liés intimement. Mais quelques heures de plaisir peuvent-elles bouleverser l'ordre établi et rapprocher deux mondes que tout oppose ? Naina, sous le charme du très sexy Vikram, a tellement envie de croire à cet amour impossible…

Séduite par son garde du corps,
de Susan Meier - N°4363

SÉRIE : *LES MILLIARDAIRES DE MANHATTAN* - 2/3

Un garde du corps ? Jamais Charlotte n'aurait imaginé avoir besoin qu'un homme veille sur elle. N'est-elle pas une femme indépendante ? Seulement voilà, lorsque Jace MacDonald lui révèle qu'elle est l'héritière secrète d'un célèbre milliardaire, elle accepte sa protection rapprochée jusqu'à New York. Lui seul saura tenir à l'écart les paparazzis qui gravitent autour de sa toute nouvelle famille. Très vite pourtant, Charlotte regrette sa décision. Car les élans de son cœur pour Jace lui paraissent bien plus dangereux encore que les menaces qui pèsent sur son héritage…